IPPO
LA RAGE DE VAINCRE

3

GEORGE MORIKAWA

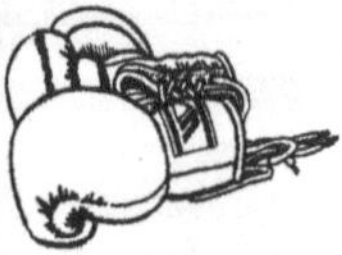

SOMMAIRE

LISTE DES ROUNDS

IPPO
LA RAGE DE VAINCRE
ROUND 16
LA LICENCE C

Ippo
la rage de vaincre

DEPUIS LE JOUR DE L'EXAMEN D'ENTRÉE PRO
DING DONG
UN MOIS S'EST ÉCOULÉ
FIN DES COURS
DING DONG DING DONG
PAS BESOIN D'AIDER MA MÈRE CE SOIR, JE PEUX ALLER DIRECTEMENT AU CLUB
gnap
HÉ IPPO, ÇA FAISAIT LONGTEMPS !
AH... UME-ZAWA !

ÇA FAIT PLAISIR DE TE REVOIR, DEPUIS LE TEMPS !
TU RENTRES TRÈS VITE TOUS LES SOIRS, ON PEUT JAMAIS TE VOIR
REVIENS JOUER AVEC NOUS DE TEMPS EN TEMPS !
nok
nok
nok
bam
AÏE
TU SAIS, IL PARAÎT QUE TU FRÉQUENTES UN CLUB DE BOXE
EUH...
paf
paf
HÉ HÉ HÉ
TU T'ENTRAÎNES POUR TE VENGER, C'EST ÇA !?
HEIN ??
TU NOUS PRENDS POUR QUI ?
CRIC
CRIC
CRIC
CROUIC
CLAC
MAIS NON PAS DU TOUT...
TA GUEULE !
HÉ C'EST QUOI ? UN PERMIS DE CONDUIRE ?
AH !
BLAF
zip
HEIN ?

UNE LICENCE DE BOXEUR PROFESSIONNEL !?
JAPAN BOXING COMMISSION
JAPAN BOXING COMMISSION BOXER LICENCE
No. 205XXX
C
RINGNAME Ippo Makunouchi
RINGWEIGHT Feather Weight
BELONG MANAGER Gengi Kamogawa
JAPAN BOXING COMMISSION
...
flap
clac
CLUB DE BOXE KAMOGAWA !? C'EST PAS POSSIBLE...
BAH ! ÇA VEUT RIEN DIRE
DE NOS JOURS MÊME LES PRÉSENTATEURS TÉLÉ SE PAIENT DES LICENCES DE BOXE, N'IMPORTE QUI PEUT EN AVOIR
RENDEZ-LA-MOI !
ZAF
OOOOH NON
C'EST QUAND MÊME DINGUE QUE TU SOIS BOXEUR PRO...
FAUT LE TESTER POUR VOIR CE QU'IL VAUT !
VAM
ON VA BIEN VOIR !

MA LICENCE...
RENDEZ-LA-MOI !
TAP
VOUM
VOUCH
ZAF
HEIN !?
TAP

OUAH !
ZOUCH
GNAP
gloup
C'EST PAS POUR UNE PETITE VENGEANCE MESQUINE QUE JE M'ENTRAÎNE !
J'AIME LA BOXE ET JE VEUX DEVENIR UN VRAI PRO !
JE RÊVE OU QUOI ?
J'ARRIVE PAS À LE CROIRE
IL EST PLUS DU TOUT COMME AVANT...
...

FROTTE FROTTE
PFOUU
CONTENT DE TE REVOIR !
AVANT, JE ME FAISAIS TOUT LE TEMPS HARCELER, MAIS DEPUIS QUE J'AI RENCONTRÉ MONSIEUR TAKAMURA, C'EST FINI !
J'AI BEAUCOUP CHANGÉ EN SIX MOIS
JE NE PEUX PAS T'EN EMPÊCHER
ALORS VAS-Y À FOND !
MA MÈRE M'A DONNÉ SA PERMISSION
ET JE SUIS OFFICIELLEMENT DEVENU BOXEUR PRO !
IL FAUT QUE JE RÉUSSISSE

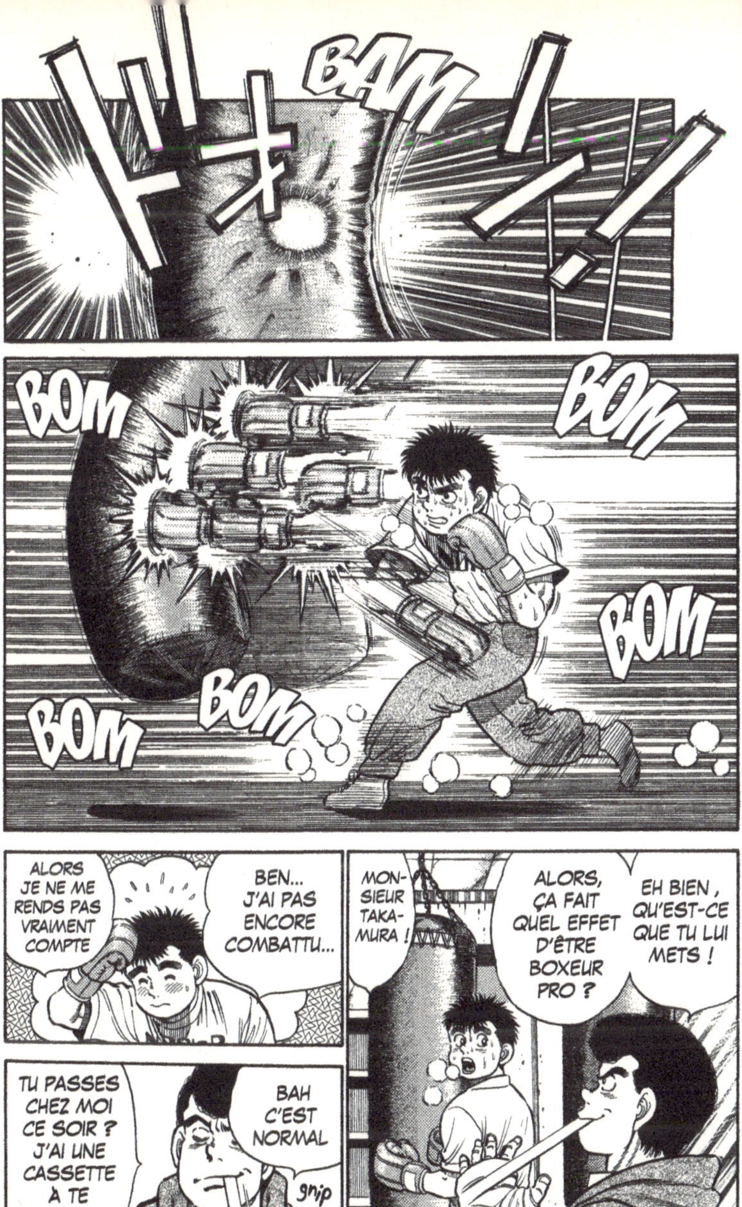

CE RÉCIT EST UNE FICTION, LES PERSONNAGES DE CE LIVRE SONT ENTIÈREMENT IMAGINAIRES

QUEL... QUEL GENRE DE CASSETTE ?
BLAM
UNE CASSETTE DE BOXE !
...
COMME TU AS OUBLIÉ DE REGARDER LES DYNAMITE GLOVES HIER SOIR
TU PEUX VENIR VOIR MON ENREGISTREMENT
OH, MERCI BEAUCOUP !
JE TE PRÊTERAI MES CASSETTES PORNOS UNE AUTRE FOIS
PST
NORI-P
MAIS... VOUS N'EN PARLEREZ À PERSONNE ?
HMM
NORI-P
MOUAHAHAHAH, AOKI ! LUI AUSSI, IL EN VOUDRAIT !
HÉÉÉ, À PERSONNE J'AI DIT !
... ?

MAISON OTA
CE SOIR DANS LES DYNAMITE GLOVES...
LE MATCH POUR LE TITRE DES POIDS LÉGERS JUNIORS
DYNAMITE GLOVES
VOICI LES IMAGES DU 10E COMBAT
HEIN ? ON NE REGARDE PAS LE MATCH PHARE ?
VRRRRRR
BIP
NON C'EST APRÈS
SI TU VEUX, MAIS MOI JE VAIS M'ENDOR-MIR
C'ÉTAIT SI ENNUYEUX QUE ÇA ?
BAH ÇA S'EST FINI PAR K.-O., MAIS C'EST SURTOUT QU'APRÈS, IL Y A LE MATCH D'OUVERTURE
ET ÇA...
ATTENDS TU VAS VOIR
BIP
LE MATCH S'ÉTANT TERMINÉ PLUS TÔT QUE PRÉVU
NOUS ALLONS VOUS DIFFUSER UN MATCH DU DÉBUT DE SOIRÉE
LA 4E RENCONTRE DES POIDS PLUME, OÙ NOUS AVONS DÉCOUVERT UN DÉBUTANT EXTRA-ORDINAIRE
TOUT À FAIT ON A DU MAL À CROIRE QUE C'ÉTAIT AUJOURD'HUI SON TOUT PREMIER COMBAT
OUAAAAH

C'EST MASHIBA DU CLUB TÔHÔ !
ouaaaah
ouaaais
C'EST ...
TAIS-TOI ET RE-GARDE !
COMME TU NE REGARDAIS PAS SON TEST DE QUALIF' PRO, TU NE L'AS JAMAIS VU COMBATTRE
MIOM MIOM
MUNCH
GOONG
HUM
ouaaaaah
VOUP
VOUP
ouaaah

zoup
!?
SBAM
SBAM
SBAM
zash

TAC
SBAM
BAM
BAM
SBAM
SBAM
zip
KATAM
BAM
BADADAM
BAM
K.-O. AU 1ER ROUND EN 25 SECONDES !
QUELLE INCROYABLE SÉRIE DE COUPS ! ÉCRASANTE VICTOIRE DE RYÔ MASHIBA POUR SON TOUT PREMIER MATCH !
...

HUM... C'EST VRAI QUE SA SÉRIE ÉTAIT IMPRESSIONNANTE, MAIS C'EST SURTOUT SES JABS QUI ÉTAIENT BIZARRES...
J'AI PAS BIEN VU, ÇA ALLAIT TROP VITE
ouaaah
MAIS J'AI L'IMPRESSION QU'IL FAISAIT UN DRÔLE DE MOUVEMENT...
J'AVAIS JAMAIS VU DE JABS COMME ÇA
EXACT
TU AS REMARQUÉ LE POINT IMPORTANT
ouaaah
ÇA S'APPELLE
DES FLICKER-JABS !
FLICKER-JABS ?
ÇA M'A SURPRIS AUSSI QUAND J'AI VU LES FLICKERS DE MASHIBA À SON TEST PRO
ON VOIT TRÈS RAREMENT DES FLICKERS AU JAPON
ÇA DEMANDE DES MUSCLES SOUPLES COMME UN FOUET ET DES BRAS EXTRÊMEMENT LONGS
LES JAPONAIS ONT RAREMENT CETTE MORPHOLOGIE

C'ÉTAIT LA SPÉCIALITÉ DE HEARNS
THOMAS HEARNS, LE CHAMPION ?
CELUI QUI A GAGNÉ 5 TITRES ?
THOMAS HEARNS (ÉTATS-UNIS)
WBA POIDS WELTER
WBC POIDS SUPER-WELTER
WBC POIDS MOYEN
WBO POIDS SUPER-MOYEN
WBC POIDS LOURD-LÉGER
SUPER STAR DE LA BOXE, PREMIER AU MONDE À DEVENIR CHAMPION DANS CINQ CATÉGORIES DIFFÉRENTES
OUI ! IL A DOMINÉ LE MONDE DE LA BOXE DANS CINQ CATÉGORIES DE POIDS DIFFÉRENTES GRÂCE À L'EFFICACITÉ DE SES ENCHAÎNEMENTS
IL COMMENÇAIT SES SÉRIES LES PLUS EXPLOSIVES PAR DES FLICKER-JABS
LE MOUVEMENT EST EXTRÊMEMENT RAPIDE ET L'ANGLE D'ATTAQUE COMPLÈTEMENT DIFFÉRENT D'UN JAB NORMAL
FLICKER-JAB
JAB CLASSIQUE
UN BOXEUR ORDINAIRE NE LES VOIT PAS ARRIVER
JE N'AI JAMAIS COMBATTU CONTRE UN UTILISATEUR DE FLICKER-JAB, JE N'EN SAIS PAS PLUS
MAIS QUAND ON VOIT L'ÉTAT DU TYPE QU'IL A DÉTRUIT, NON SEULEMENT C'EST RAPIDE MAIS EN PLUS ÇA A L'AIR TRÈS PUISSANT
ET TU AS VU SES YEUX PENDANT QU'IL FRAPPAIT L'AUTRE À TERRE ? C'ÉTAIT LE REGARD D'UN TUEUR
ÇA M'A FRAPPÉ PLUS QUE SA TECHNIQUE ET SES FLICKERS. UN TYPE COMME ÇA N'EST PAS LA POUR RIGOLER
T'AS DU BOL, ÇA A L'AIR VRAIMENT INTÉRESSANT DE BOXER EN POIDS PLUME !
BLAF

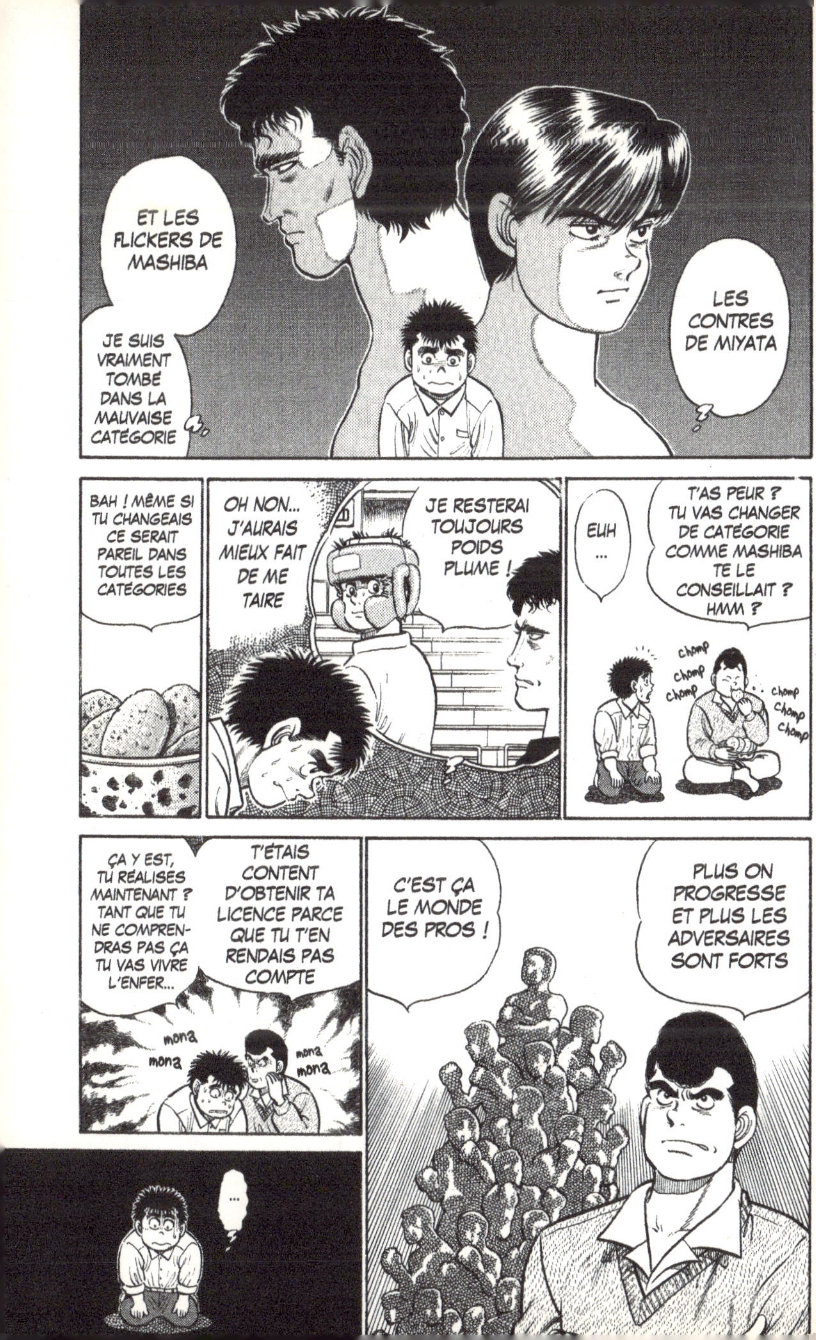
LES CONTRES DE MIYATA
ET LES FLICKERS DE MASHIBA
JE SUIS VRAIMENT TOMBÉ DANS LA MAUVAISE CATÉGORIE
T'AS PEUR ? TU VAS CHANGER DE CATÉGORIE COMME MASHIBA TE LE CONSEILLAIT ? HMM ?
EUH ...
chomp chomp chomp
chomp chomp chomp
JE RESTERAI TOUJOURS POIDS PLUME !
OH NON... J'AURAIS MIEUX FAIT DE ME TAIRE
BAH ! MÊME SI TU CHANGEAIS CE SERAIT PAREIL DANS TOUTES LES CATÉGORIES
PLUS ON PROGRESSE ET PLUS LES ADVERSAIRES SONT FORTS
C'EST ÇA LE MONDE DES PROS !
T'ÉTAIS CONTENT D'OBTENIR TA LICENCE PARCE QUE TU T'EN RENDAIS PAS COMPTE
ÇA Y EST, TU RÉALISES MAINTENANT ? TANT QUE TU NE COMPREN-DRAS PAS ÇA TU VAS VIVRE L'ENFER...
mona mona
mona mona
...

BON, MERCI BEAUCOUP POUR CE SOIR
DE RIEN ! REVIENS QUAND TU VEUX !
fap fap
PFF IL EST ENCORE DE-COURAGÉ
QUEL IDIOT
C'EST SÛR QUE MIYATA ET MASHIBA ONT DU TALENT ET UN NIVEAU TECHNIQUE EXTRA-ORDINAIRE
MAIS
TU NE T'EN RENDS PEUT-ÊTRE PAS COMPTE MAIS
TOI AUSSI TU AS QUELQUE CHOSE D'UNIQUE
L'INCROYABLE PUISSANCE DE TON PUNCH !
MIYATA ET MASHIBA ONT GAGNÉ EN BEAUTÉ LEUR PREMIER MATCH
C'EST TON TOUR, IPPO !

SH !
SH !
SH !
SH !
SH !
VOUF
VOUF
...
PLOP
FLAP
SH !
HAAN
HAAN
HAAN
HAAN
HAAN
HAAN
HAAN
HAAN
HAAN

LE LENDEMAIN
TAP TAP TAP TAP
¡IPPO !
IPPO !
OUI !?
ÇA Y EST C'EST DÉCIDÉ ! HAAN HAAN
CLUB DE BOXE
LE 3 DU MOIS PRO-CHAIN !
VOILÀ ENFIN TON PREMIER MATCH !
CE SERA TES DÉBUTS PROFES-SIONNELS
TU ES MOTIVÉ N'EST-CE PAS ?
TON AD-VERSAIRE SERA...
gloup

IPPO LA RAGE DE VAINCRE

ROUND 17 | LE BOUFFON

C'EST PAS VRAI...
MIYATA ?
OU MASHIBA ?
DU CLUB NISHIKAWA ...
YÛSUKE ODA !
C'EST QUI CE TYPE ?
dodom
dodom dodom

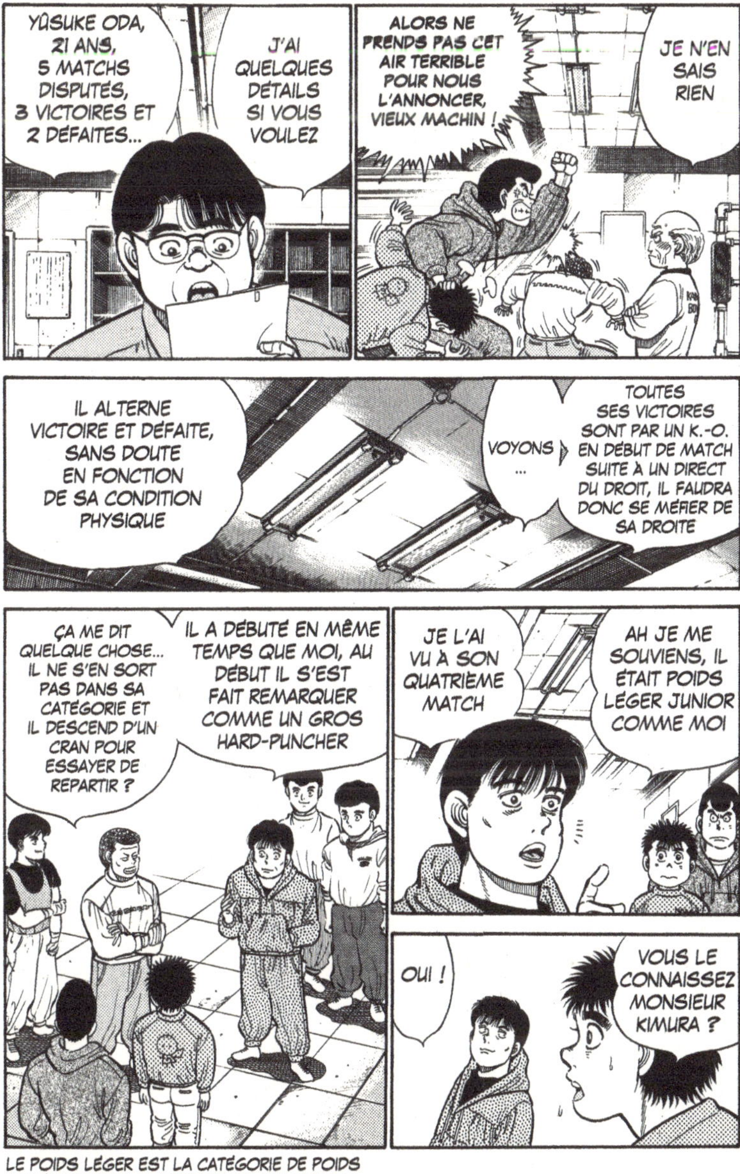

LE POIDS LÉGER EST LA CATÉGORIE DE POIDS IMMÉDIATEMENT AU-DESSUS DE CELLE D'IPPO

TU VAS FACILEMENT L'ÉCLATER IPPO !
AVEC UN PALMARÈS PAREIL, IL DOIT VRAIMENT ÊTRE NAZE
AAH ARRÊTEZ, ÇA ME STRESSE !
MON PREMIER ADVERSAIRE SERA DONC ODA DU CLUB NISHIKAWA...
dodom dodom dodom dodom dodom
ODA !
OÙ EST PASSÉ ODA !?
CLUB DE BOXE NISHIKAWA
IL EST PARTI FAIRE SON FOOTING
HEIN ? AH, C'EST TRÈS BIEN
MAIS ÇA FAIT DÉJÀ TROIS HEURES...
PLICK
CE PETIT SALAUD S'EST ARRÊTÉ POUR GLANDER !
PLICK
CLUB DE BOXE NISHIKAWA

FAMILY RESTAURANT
RIKY'S
YÛSUKE...
TU DEVRAIS RENTRER AU CLUB
POURQUOI ?
MAIS TON MATCH APPROCHE !
LE TEMPS QU'ON PASSE ENSEMBLE, J'AI PEUR QUE ÇA AFFECTE TON ENTRAÎNEMENT...
REIKO, TU COMMENCES À ME PARLER COMME TON PÈRE
C'EST PAS M'ARRÊTER QUELQUES MINUTES QUI VA AFFECTER MA CONDITION PHYSIQUE
MAIS TON PROCHAIN COMBAT EST EN POIDS PLUME, NON ? LA LIMITE DE POIDS...
BAH CE N'EST QU'UNE CATÉGORIE DE MOINS, J'Y ARRIVERAI FACILEMENT SI JE TRANSPIRE UN PEU
ET PUIS MON ADVERSAIRE EST UN DÉBUTANT, NE T'INQUIÈTE PAS

C'ÉTAIT UN ADVERSAIRE LARGEMENT MOINS DOUÉ QUE TOI ET TU AURAIS DÛ GAGNER FACILEMENT. MAIS COMME TU NE COURS PAS ASSEZ, DÈS LE 3E ROUND TU ÉTAIS ÉPUISÉ
ENSUITE, IL LUI SUFFISAIT DE RESTER À DISTANCE ET IL T'A BATTU AUX POINTS
TU TE RENDS COMPTE À QUEL POINT TU M'AS DÉÇU ? HEIN ?
J'ÉTAIS DÉÇU AUSSI, J'AURAIS GAGNÉ SI MA DROITE L'AVAIT ATTEINT...
...
TU M'AS BIEN EU AVEC TA DROITE
TU M'AS VRAIMENT IMPRESSIONNÉ AVEC CE K.-O. À TON PREMIER MATCH
JE TE VOYAIS DÉJÀ CHAMPION DU JAPON, PEUT-ÊTRE MÊME DU MONDE !
CLUB DE BOXE NISHIKAWA
MAIS TU AS PRIS LA GROSSE TÊTE ET TU ES DEVENU UN BOXEUR RATÉ QUI FAIT DES GRANDS MOULINETS AVEC SES BRAS
PAPA ...
gu gu gu gu
CLUB DE BOXE NISHIKAWA
AH ! SI POUR TOI IL N'Y A QUE LE K.-O. QUI COMPTE
TU VAS TE FAIRE HUMILIER À TON PROCHAIN MATCH
ATTENDEZ, JE BOXE CONTRE IPPO MAKUNOUCHI, C'EST UN PETIT DÉBUTANT, NON ?
IL N'A AUCUNE EXPÉRIENCE

ON RACONTE QU'IL A INFLIGÉ UN K.-O. EXTRAORDINAIRE À SON TEST D'ENTRÉE PRO
UN PUNCH PAREIL COMPENSE LARGEMENT LE MANQUE D'EXPÉRIENCE
BAM
CLUB DE BOXE
C'EST PARFAIT, IL VA ENFIN TE RABATTRE TON CAQUET
AU FAIT, SI TU PERDS IL N'Y AURA PAS DE PROCHAIN MATCH. PLUS PERSONNE DANS CE CLUB N'A ENVIE DE PERDRE SON TEMPS AVEC UN MINABLE COMME TOI
TU ME DÉGOÛTES
J'OUBLIAIS !
AAH
GNAP
CLUB DE BOXE NISHIKAWA
PAS QUESTION QUE MA FILLE TRAÎNE AVEC UN CRÉTIN PAREIL
SI TU NE ME MONTRES PAS TA MOTIVATION POUR CE MATCH, VOUS NE VOUS VERREZ PLUS !
ALLEZ ON RENTRE !
...

BOUM
CLUB DE BOXE KAMOGAWA
UUR-RRGH
QU'EST-CE QU'IL Y A ?
TU VEUX QUAND MÊME PAS COMBATTRE EN PRO AVEC UN BIDE AUSSI MOU ?
ALLEZ ENCORE UN !
S'IL VOUS PLAÎT !
VOUUU
BOUM
...
...
ENC... ENCORE UN COUP !

À SA PLACE J'AURAIS LEVÉ LE PIED EN APPRENANT QUE C'EST ODA MON ADVERSAIRE
C'EST ADMIRABLE LES EFFORTS QU'IL DÉPLOIE POUR S'ENDURCIR ...
BOUM
BOUM
ET POURTANT LUI IL MAINTIENT QU'IL FAUT SE MÉFIER D'ODA PARCE QU'IL A QUAND MÊME RÉUSSI À COMBATTRE CINQ FOIS EN PRO
HAAN HAAN
HAAN HAAN
HAHA...
...
VOUCH
VOUCH
VOUCH
HUHU
NORMALEMENT C'EST À NOUS DE MONTRER L'EXEMPLE
C'EST CHIANT, À CAUSE DE LUI ON DOIT S'ENTRAÎNER AUSSI
HOP
HOP
VOUCH
VOUCH
VOUCH

NOUILLES CHINOISES
NOUILLES CHINOISES
...OIS IWATA
IL A PLUTÔT BONNE RÉPUTATION CE RESTAU
COMME JE TE DISAIS, MON VIEUX CHEF DE SERVICE TOUT CHAUVE A ENCORE TOUCHÉ MES FESSES
ÇA VA PAS REIKO ? TU N'AS PAS L'AIR EN FORME
AAH TOI AUSSI IL Y A QUELQUE CHOSE QUI TE TRACASSE
AH, NON NON...
...
AAHH C'EST BON D'ÊTRE ENTOURÉ DE FEMMES POUR UNE FOIS, ÇA CHANGE DES BRUTES ÉPAISSES DU CLUB
LA PETITE A LUNETTES A L'AIR VRAIMENT BIEN... PERSONNE N'A REMARQUÉ QUE JE LUI AVAIS SERVI UN SUPPLÉMENT DE NOUILLES
TU VAS TE FAIRE DU MAL SI TU CONTINUES COMME ÇA...
BLA BLA
MAIS NON, JE SUIS COSTAUD
salut!
NORI-P
ET VOILA LES GROSSES BRUTES ...
ON INVITE IPPO POUR LE MOTIVER AVANT SON PREMIER MATCH, FAIS-LUI UNE RISTOURNE
C'EST SYMPA DE VOTRE PART
JE SUIS BOURRÉ DE THUNES DEPUIS MA DERNIÈRE VICTOIRE

MAIS T'INQUIÈTE PAS COMME ÇA !
TOUT LE MONDE SAIT QU'IL EST NUL
MAIS EUH...
ODA NE FAIT PEUR À PERSONNE
OH
IL EST QUAND MÊME PLUS EXPÉRIMENTÉ QUE MOI
ET AVEC SON PUNCH, IL SUFFIRAIT QU'IL ME TOUCHE UNE FOIS POUR QUE JE SOIS MAL
TU AIMES BIEN TE FAIRE PEUR...
CE BLAIREAU VA VITE S'ESSOUFLER ET AU 3E ROUND IL NE POURRA PLUS BOUGER
NORI-P
IL SE PREND POUR UN ARTISTE DU K.-O. MAIS EN RÉALITÉ C'EST UN PAUVRE BOUFFON
IL A DÉJÀ DEUX DÉFAITES EN CINQ MATCHS ET POURTANT IL SE CROIT D'UNE CARRURE MONDIALE
J'AI HÂTE DE VOIR SA TÊTE QUAND TU VAS L'ÉCLATER
BOUAHAHAHAHA
QU'EST-CE QU'IL Y A, REIKO ?
QUELQUE CHOSE NE VA PAS ?
...
MAIS IL A BIEN PLUS D'EXPÉRIENCE QUE MOI !
ATTENDS NE BOUGE PAS ! SI TU T'INQUIÈTES, REGARDE ÇA !
vraap

TADAAA !
vrraaap
OH REGARDE !
IL VA LIRE L'AVENIR DANS LES CARTES, C'EST SA SPÉCIALITÉ !
IL PEUT VRAIMENT LIRE L'AVENIR ?
HUM ...
JE NE SAIS PAS COMMENT IL FAIT MAIS JUSQU'À PRÉSENT IL A TOUJOURS ÉTÉ FIABLE !
zip
OOH !
BONNE NOUVELLE IPPO ! C'EST L'AS DE CŒUR !
C'EST LA CARTE LA PLUS CHANCEUSE, LE DESTIN T'EST TRÈS FAVORABLE POUR CE COMBAT !
HEIN ? C'EST VRAI ?
OUAF
A
A
GNYA-HAHA-HAH
HÉ ?
RI-P
BOUA-HAHA-HHA

HI HI HI HI HI HI
MAIS ENFIN ? ...
ORI-P
BOUA GNYA
HA HAHA HA
HA HAHA HA
CLUB DE BOXE NISHIKAWA
BAM BAM BAM
PFFF
PFFF
HE REIKO ! TU M'ATTENDAIS ?
TU AS DÉJÀ FINI L'ENTRAÎNEMENT ?
MAIS LES AUTRES CONTINUENT, NON ?
BAM BAM BAM BAM
BAH, EUX ILS RESTENT PARCE QU'ILS SONT NULS
COMME ILS SONT PAS DOUÉS ILS ESSAYENT DE COMPENSER EN S'ENTRAÎNANT PLUS, LES PAUVRES
ALORS QUE MOI ...
BAF

EST-CE QUE TU ES AUSSI NUL QUE LE DISAIT MON PÈRE ?
QU'EST-CE QU'IL Y A REIKO ?
... MAIS
GU GU
HEIN ? QU'EST-CE QUE TU RACONTES ?
TU PARLES BEAUCOUP MAIS TU NE FAIS JAMAIS RIEN. JE NE TE CROIS PLUS, MONTRE-MOI LA VÉRITÉ
VIENS VOIR MON PROCHAIN MATCH ET TU VERRAS BIEN !
JE T'AI DIT QUE JE GAGNERAI !
CE N'EST PAS À CAUSE DE MON PÈRE, J'Y PENSAIS DEPUIS LONGTEMPS. SI TU PERDS TON PROCHAIN MATCH JE TE QUITTERAI
JE TE QUITTE...
SNIF
ZING
TON PROCHAIN MATCH ?
JE NE PEUX PLUS TE FAIRE CONFIANCE, JE NE PEUX PLUS CONTINUER

TOUT À L'HEURE J'AI ENTENDU PAR HASARD TON ADVERSAIRE QUI PARLAIT DE TOI
TU SAIS CE QU'ILS DISENT DE TOI ?
gn
QUE TU N'ES QU'UN PAUVRE BOUFFON !
ET C'ÉTAIT UN PETIT COLLÉGIEN QUI RIGOLAIT TRÈS FORT !
HEIN
QUOI ?
YÛSUKE... JE SUIS DÉÇUE
HÉ ATTENDS !

C'EST PARFAIT, IL VA ENFIN TE RABATTRE TON CAQUET
UN PAUVRE BOUFFON !
...
UN PETIT COLLÉGIEN QUI RIGOLAIT TRÈS FORT
...
gnnuk
UN DÉBUTANT...
ILS SE FOUTENT DE MOI !?
GNNNN

C'ÉTAIT LA MEILLEURE CARTE... POURQUOI C'ÉTAIT DRÔLE ?
TOUT À L'HEURE QUAND AOKI M'A PRÉDIT L'AVENIR, POURQUOI VOUS RIGOLIEZ ?
DITES MONSIEUR TAKAMURA...
MOUA-HAHAHA
BOUAH
PARCE QU'IL SE PRODUIT TOUJOURS EXACTEMENT L'INVERSE DE CE QU'IL ANNONCE !
gloup
C'EST VRAI QU'IL EST TRÈS TRÈS FIABLE POUR PRÉDIRE L'AVENIR
OK, OK...
ALLEZ T'INQUIÈTE PAS ! TOUT ÇA C'EST DES BÊTISES
...
gaaaah

Ippo
la rage de vaincre

IPPO
LA RAGE DE VAINCRE
ROUND 18 LE SHORT DE MAMAN

BLAM
BAM
BAM
CLUB DE BOXE NISHIKA
BAM
...
TIENS ODA, TU AS FINI NON ?
DÉPÊCHE-TOI DE RENTRER
HÉ ?
QUOI QUOI, QU'EST-CE QUE TU VEUX ?
TAP TAP
MONSIEUR MIKAMI, AIDEZ-MOI À PLACER MA DROITE DANS LA FIGURE D'IPPO MAKUNOUCHI
HEIN ?
BLAM

CE DIRECT DU DROIT QUI VOUS AVAIT TANT IMPRESSIONNÉ ! SI J'Y ARRIVE JE PEUX GAGNER
MAIS SI JE NE LE TOUCHE PAS ÇA NE SERT À RIEN. QUE DOIS-JE FAIRE ?
gnnn
GRATTE GRATTE
ENCORE TA DROITE... ÇA SERT À RIEN DE TE DONNER DES CONSEILS SI TU T'OBSTINES À UTILISER TOUJOURS LE MÊME COUP
UN BON BOXEUR UTILISE AUSSI SA GAUCHE
D'ACCORD ! MONTREZ-MOI, COMMENT JE PEUX UTILISER MA GAUCHE ?
JE M'EN FOUS DU STYLE, JE VEUX JUSTE POUVOIR GAGNER
TU PARLES ! JUSQU'À PRÉSENT IL N'Y AVAIT QUE LE K.-O. QUI T'INTÉRESSAIT !
... JE PENSE QUE J'AVAIS RAISON
MAIS CETTE FOIS C'EST DIFFÉRENT !
GAGNER D'UN POINT D'AVANCE, SUR UNE SORTIE DE RING, N'IMPORTE COMMENT...
MAIS JE VEUX GAGNER À TOUT PRIX !

PEUH
EST-CE QU'IL EST SÉRIEUX ?
JE SUIS TON ENTRAÎNEUR APRÈS TOUT
SI TU INSISTES, JE VEUX BIEN T'AIDER DEMAIN
NON ...
TOUT DE SUITE !
ENTRAÎNEZ-MOI TOUT DE SUITE !
VOUS ME PARLIEZ DE GAUCHE TOUT À L'HEURE
PLAF
VOUCH
BAAM
gu gu gu
...
gu gu gu
BAAM
BAAM
BAAM
CLUB E BOXE NISHIKAWA

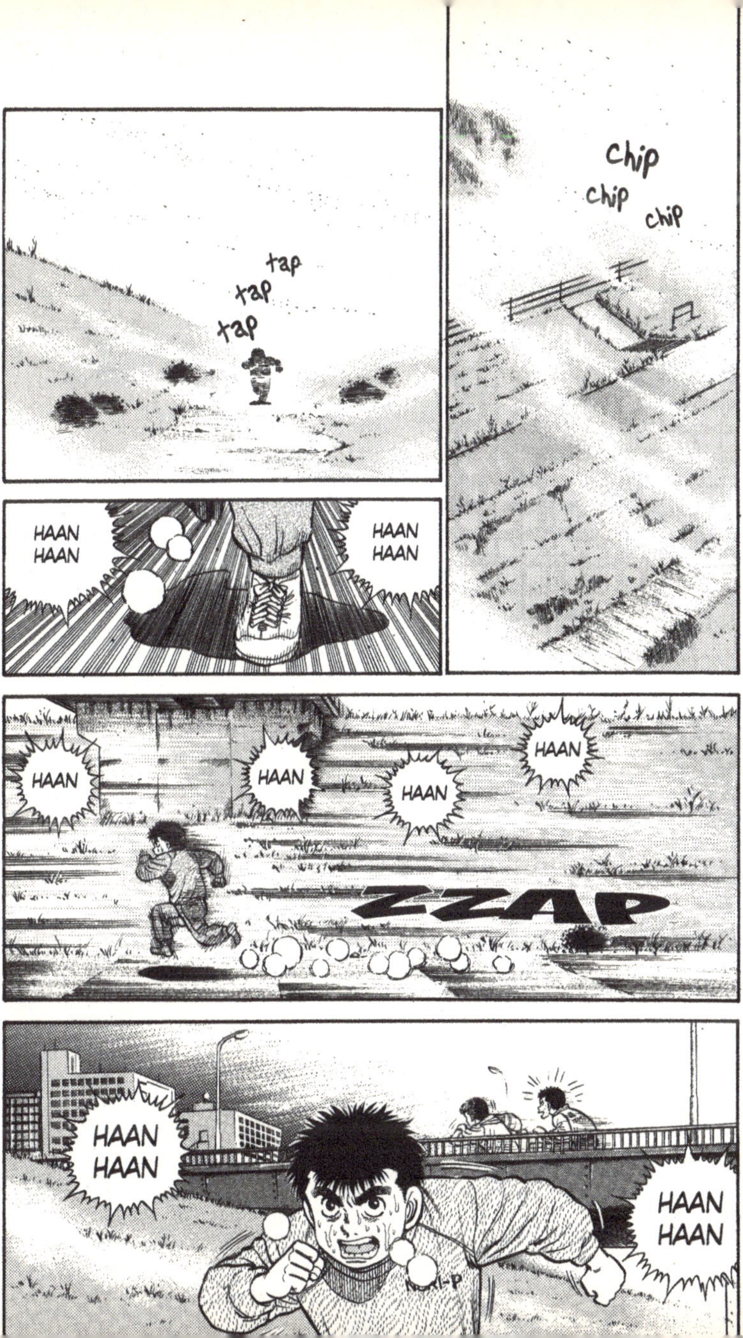
Chip
chip
chip
tap
tap
tap
HAAN
HAAN
HAAN
HAAN
HAAN
HAAN
HAAN
HAAN
ZZAP
HAAN
HAAN
HAAN
HAAN

CRI CRI CRI
HAA
HAA
HAA
MIKAMI
OH PAPA, TU PARS DÉJÀ ?
IDIOTE ! JE VIENS JUSTE DE RENTRER
TCHAC
MIKAMI
J'ACCOMPAGNAIS ODA À SON FOOTING
J'AI TELLEMENT INSISTÉ SUR SON PROBLÈME D'ENDURANCE QUE MAINTENANT JE SUIS BIEN OBLIGÉ DE LE SUIVRE
C'EST YÛSUKE QUI TE L'A DEMANDÉ ?
JE NE PENSAIS PAS QU'IL CHANGERAIT D'ATTITUDE SI VITE
ÇA FAIT DÉJÀ CINQ JOURS QU'IL S'ACCROCHE

tchip
tchip
tchip
AU FAIT, VOUS N'ÊTES PLUS EN-SEMBLE ?
CRI
CRI
NON ...
ON NE SE REVERRA QU'APRÈS LE MATCH, C'EST YÛSUKE QUI ME L'A DEMANDÉ
BON, BON ! SI C'EST LUI QUI L'A DÉCIDÉ !
CE GARÇON A UN ÉNORME POTEN-TIEL
S'IL CONTINUE COMME ÇA, PEUT-ÊTRE QU'IL RETROUVERA SA FAMEUSE DROITE QUI M'AVAIT TELLEMENT IMPRESSIONNÉ
BAM
BAM
ET ALORS !?
REMONTE TA GARDE !
SI TU RESTES COMME ÇA TU VAS PREN-DRE DE PLEIN FOUET LES DIRECTS D'ODA !
VOUM
RENTRE-LUI DEDANS ET DÉCOCHE DES SÉRIES DE COUPS AU CORPS !
AÏE !

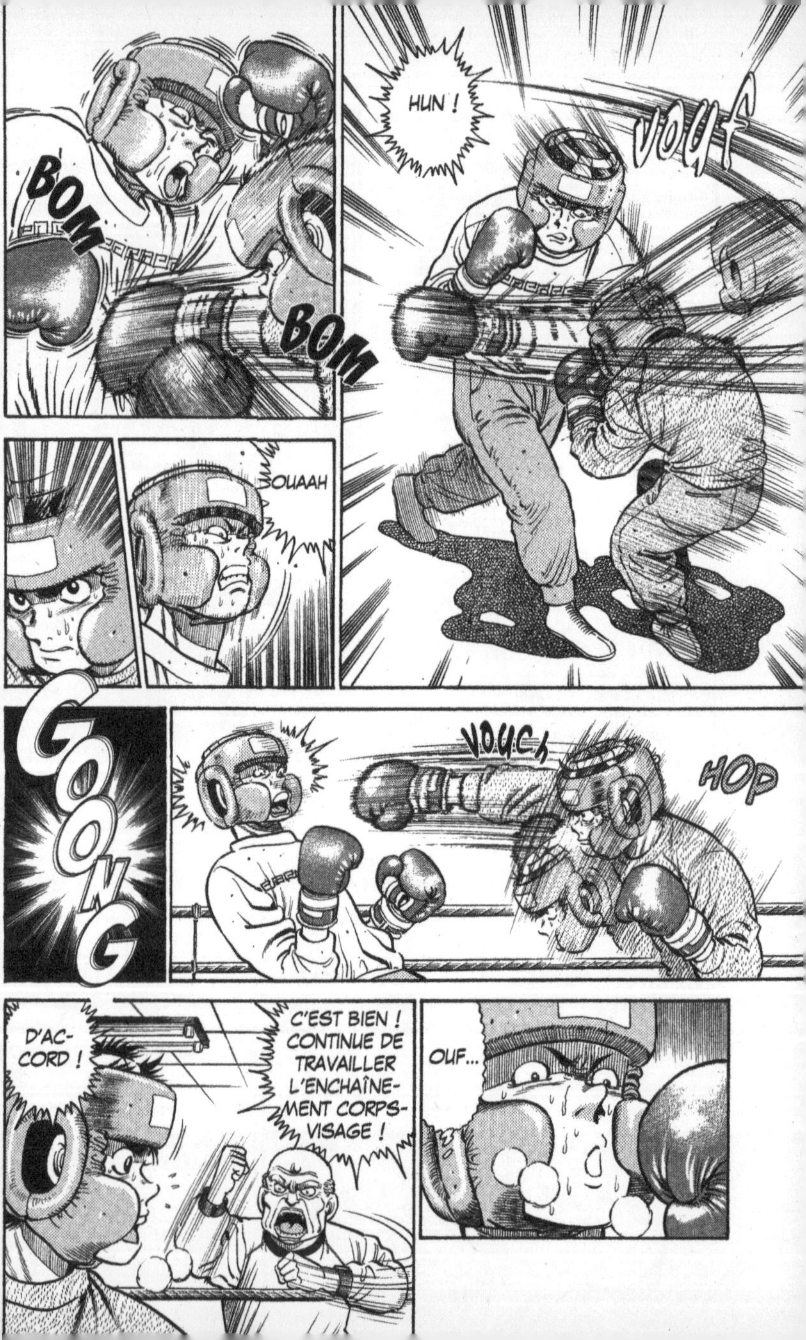
HUN !
VOUF
BOM
BOM
SOUAAH
VOUCH
HOP
GOOONG
OUF...
C'EST BIEN ! CONTINUE DE TRAVAILLER L'ENCHAÎNEMENT CORPS-VISAGE !
D'ACCORD !

C'ÉTAIT UN BON BODY BLOW !
J'AI DÉJÀ 6 COMBATS PROS À MON ACTIF, MAIS TU TE DÉBROUILLES DÉJÀ PAS MAL !
MERCI BEAUCOUP
CLAC
DE RIEN !
tap tap
tap tap tap
JAM
HÉ, AOKI !?
HEIN, TOI AUSSI ?
TU VEUX DIRE QUE TOI AUSSI...?
UUURGH
BLAAAARGH
OH MERDE IL ME TUE AVEC SES BODY BLOWS
C'EST DE PLUS EN PLUS DUR LES SPARRINGS AVEC IPPO

ET AINSI ...
... LE JOUR DU MATCH EST ARRIVÉ
DYNAMITE GLOVES
HALL KORAKUEN
4E MATCH : YÔSUKE ODA VS IPPO MAKUNOUCHI
124 LIVRES
TCHING
C'EST BON POUR MAKUNOUCHI
SUIVANT ! ALLEZ-Y ODA
QU'EST-CE QU'IL Y A ? TU ES BON POUR LA PESÉE MAIS ÇA N'A PAS L'AIR D'ALLER
hmm
urgh
COCCO-

124,5 LIVRES
ODA AUSSI EST OK POUR LES POIDS PLUME
C'EST LA PREMIÈRE FOIS QUE TU ABORDES UN MATCH EN AUSSI BONNE CONDITION !
ON PEUT GAGNER !
VOUS AVEZ VU ? IL ME FIXE DEPUIS TOUT À L'HEURE !
NE TE LAISSE PAS IMPRESSIONNER, C'EST BANAL DE SE REGARDER COMME ÇA CHEZ LES PROS
NE FAIS PAS LE TIMIDE, VA LE SALUER. C'EST TON AÎNE
paf
EUH, OK
AH C'EST POUR ÇA, IL EST EN COLÈRE PARCE QUE JE NE SUIS PAS ALLE LE SALUER...

ALORS C'EST LUI MAKU-NOUCHI
C'EST VRAI QU'IL A UNE TÊTE DE COLLE-GIEN
OUAH AH AH AH AH
GRRR
C'EST CET AVORTON QUI SE FOUTAIT DE MOI !?
EN-CHANTE, JE SUIS IPPO MAKU-NOU-CHI...
J'ESPÈRE QUE NOUS...

…
zaf
EUH MONSIEUR AOKI, VOUS AVIEZ DIT QUE C'ÉTAIT UNE CHIFFE MOLLE ?
IL N'EST PAS DU TOUT COMME VOUS ME L'AVIEZ DÉCRIT
BAH C'EST DU BLUFF. LE MASQUE TOMBERA VITE UNE FOIS LE MATCH COMMENCÉ
JE NE CROIS PAS
UN FUMISTE NE POURRAIT PAS SE CONSTRUIRE UN PHYSIQUE PAREIL
MA MÈRE M'A PRÉPARÉ À MANGER, JE RENTRE CHEZ MOI
LE MATCH COMMENCE EN FIN D'APRÈS-MIDI, NE SOIS PAS EN RETARD
BIEN SÛR !

WAOUH
BATEAU DE PÊCH MAKUNOUCHI
DORADE GRILLÉE ET PORC PANÉ !
C'EST LE GRAND LUXE !
J'AI VOULU TE FAIRE PLAISIR PUISQUE MON BOULOT M'EMPÊCHE D'ALLER VOIR TON PREMIER MATCH
MERCI !!
dodom
JE SAIS QUE TU N'ARRIVAIS PAS À DORMIR LA NUIT DERNIÈRE, SI TU AS LE TEMPS TU DEVRAIS ALLER T'ALLONGER UN PEU
OUI...
dodom dodom
dodom dodom

...
dodom
dodom
dodom
dodom
dodom
dodom
dodom
dodom
ZAF
TAP
TAP
OÙ TU VAS IPPO ?
AT-TENDS !
BATEAU DE PECH
MAKUNOUCHI
TEL - 000-0000
ZAF

HAAN HAAN
HAAN HAAN
TAP
SH !
SH !
VOUCH
SH !
SH !
VOUCH
VOUCH
...
J'AI ENCORE LE CŒUR QUI BAT TROP FORT
IL FAUT QUE JE ME CALME AVANT DE MONTER SUR LE RING
CET ARBRE...
D'ICI UNE SEMAINE ESSAYE D'ATTRAPER DIX FEUILLES
C'ÉTAIT CET ARBRE-LÀ

FRAAF
C'EST ICI QUE TOUT A COMMENCÉ
...
ALLEZ !
vouch
vouch
vouch
vouch
vouch
vouch

OUAAH
Salle B
C'EST COOL
IL TE VA BIEN IPPO
IPPO
HOP
C'EST TA MÈRE QUI TE L'A PRÉPARÉ ?
C'EST POUR T'EN-COURAGER
TA MAMAN NE PEUT PAS VENIR MAIS ON T'ENCOURAGERA À SA PLACE
HÉ HÉ
MERCI !
JE FERAI DE MON MIEUX !
POUR MA MÈRE QUI A COUSU CE SHORT PENDANT SON TEMPS LIBRE

VOUCH
HUM... EUH IPPO...
OUI QUOI ?
JE CROIS QU'EN ANGLAIS TON NOM EST MAL ÉCRIT...
IPO
LÀ C'EST MARQUÉ « IPO »
MAIS POUR BIEN LE PRONONCER ÇA DEVRAIT ÊTRE « IP-PO »
EUH...
IPO
IPO

EUH MAMAN TU PEUX ÉCRIRE MON NOM EN ALPHABET SUR LE SHORT ?
MAIS JE NE SAURAI PAS L'ÉCRIRE...
PAF
...
BON COURAGE « IPO » !
CROC
ELLE AURAIT DÛ METTRE UN M ENTRE LE I ET LE P, ÇA FERAIT « IMPO » COMME « IMPOTENT » !
BOUAH AH AH AH
MAIS TA MÈRE AUSSI ELLE EST MARRANTE !
NYAH AH AH AH AH
AH AH
AH AH
AH AH AH
IPO
AH, D'ACCORD
ÇA S'ÉCRIT COMME ÇA !
IPO
PARDON MAMAN...
CLAC
Salle B
PREMIER MATCH, MAKUNOUCHI
C'EST L'HEURE !
glup
OK !
ALLEZ ON Y VA !
SNIP

IPPO
LA RAGE DE VAINCRE
ROUND 19
LES DÉBUTS...

GOONG
GOONG
GOONG
BLA BLA BLA
BLA BLA BLA
ÇA VA COMMEN-CER
OUAIS
BLA BLA BLA
BLA BLA BLA
ÇA Y EST LE VOILA
BON COURAGE IPPO !
ouaaaais
triiii
triiii
OUEST
voup voup
DONNE-TOI À FOND !
TING

gnu
KAMOGAWA
BOXING
GIM
TAP
TAP
ÇA... ÇA Y EST !
HOP
TAP
TAP
TAP

...
BLA BLA
BLA BLA
BLA BLA
DO-DOM
BLA BLA
BLA BLA
BLA BLA
PAF
MEEER-DE
JE SUIS TROP TENDU !
PAF

NAMITE GLOVES
NORD
TAP
TAP
JE DOIS ME CONCENTRER SUR LE MATCH
CONCENTRATION !

NOUS COMMENÇONS CE SOIR PAR UN MATCH POIDS PLUME DE 4E RANG
CLAP
CLAP CLAP
DANS LE COIN ROUGE, DU CLUB NISHIKAWA, 124 LIVRES ET DEMI
YÛSUKE ODA !!
ODA
YÛSUKE...
TU VAS VOIR REIKO
DANS LE COIN BLEU, DU CLUB KAMOGAWA, 124 LIVRES
IPPO MAKUNOUCHI !!
CLAP
CLAP
CLAP
CLAP
CLAP
CLAP
CLAP CLAP
CLAP CLAP
CLAP
CLAP
CLAP
FAIS PAS CETTE TÊTE-LÀ
ET RÉPONDS AUX APPLAUDISSEMENTS
gnuk
AH ZUT

CLAP
CLAP
CLAP
CE SERA LE TOUT PREMIER MATCH DE MAKUNOUCHI
hop hop
hop hop
BON COURAGE LE BLEU !
hop hop
hop hop
CLAP
CLAP
CLAP
CLAP
CLAP
CLAP
HAHA T'ES VRAIMENT TRÈS POLI !
hop hop
TU VAS CONTINUER LONGTEMPS ? ARRÊTE ÇA TOUT DE SUITE !
PFF
UNE FOIS LE MATCH COMMENCE J'ESPÈRE QU'IL ARRÊTERA DE FAIRE L'IDIOT
HAHAHA IL EST MARRANT CE PETIT
ON EST AVEC TOI, TU VAS GAGNER !
VENEZ AU MILIEU TOUS LES DEUX

ATTENTION, PAS DE FAUTES
PAS DE COUPS DE TÊTE NI DE COUPS BAS
OH
VOUS AVEZ VU LE REGARD D'IPPO
SACRE IPPO, IL A DES TRIPES
PARFAIT, ON VA L'ENCOURAGER À FOND NOUS AUSSI
ÇA SERT À RIEN DE ME REGARDER COMME ÇA
TU NE ME FAIS PAS PEUR

CONTINUE IPPO, TUE-LE AVEC TES YEUX !
T'ES PLUS FORT QUE LUI !
OUBLIE PAS QUE TA BEEEP EST EN POIDS LOURD !
BOMBE LE TORSE !
EUH ...
CROIS-MOI !
C'EST CELUI QUI A LA PLUS GROSSE QUI GAGNE !
OUAHAHAH
OUAHAHAH
ILS SONT VRAIMENT VULGAIRES
HYAHAHAHA
ARRÊTE DE FAIRE GENRE TU NOUS CONNAIS PAS, IPO !
IPOOO !
IMPO !!
ALLEZ TAKAMURA, ÇA SUFFIT MAINTENANT ...
...
...
OUAHAHAHA
GOUAHAHAHAH

ROUND ONE !
BIIIP
ROUND
TEMPS RESTANT
COIN ROUGE
JE DOIS GAGNER À TOUT PRIX !
OUVRE DU GAUCHE ET ATTAQUE AVEC PRÉCAUTION
COMPRIS ?
OK
CLUB DE BOXE NISHIKAWA
SI JE PERDS CE MATCH, JE PERDS TOUT, LA BOXE MAIS AUSSI REIKO
GNUK
JE NE PEUX PAS PERDRE

ATTAQUE TRÈS VITE DÈS QUE TU VOIS UNE BONNE OCCASION, MAIS NE BAISSE PAS TA GARDE
OK
GLAP
JE NE PERDRAI PAS !
GNUK
sop

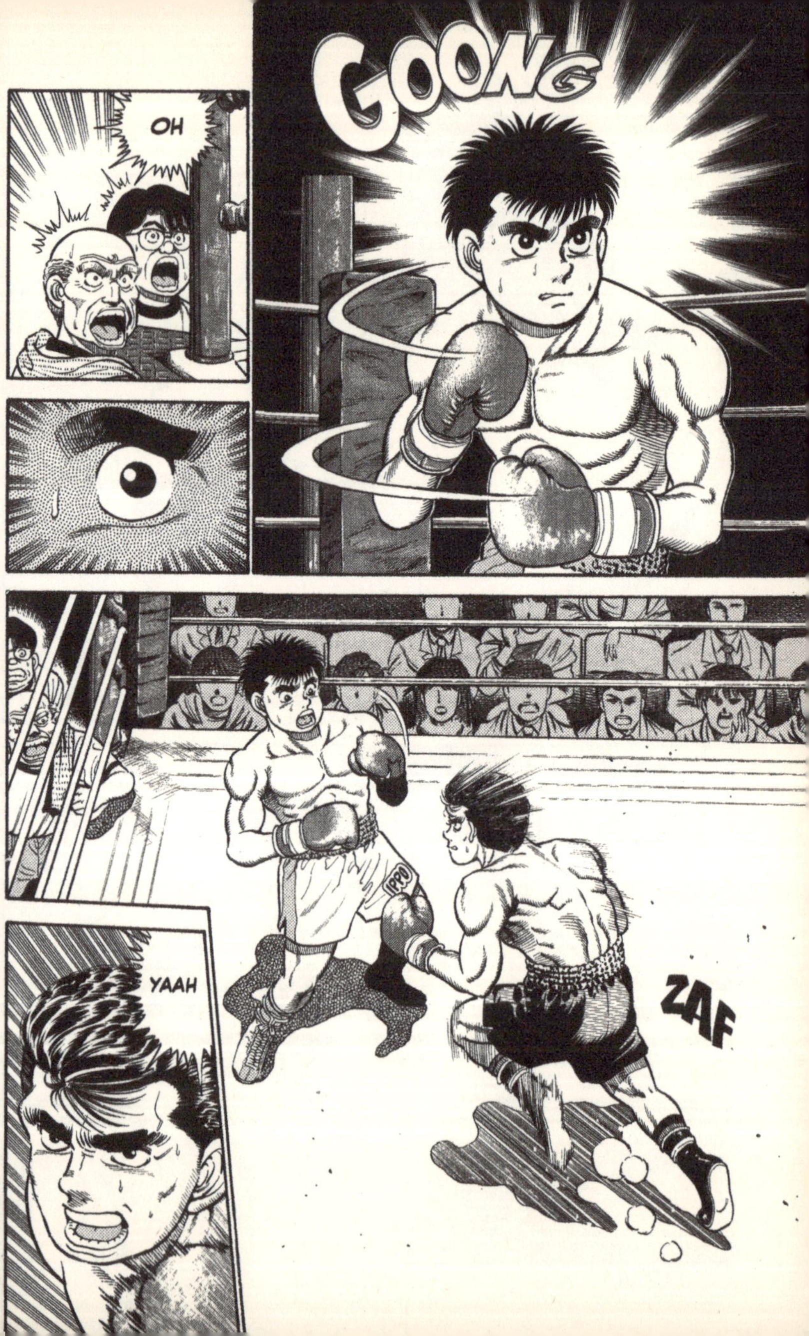
GOONG
OH
ZAF
YAAH

vouf
OUAAH
hop
vouf
ODA
HA
À MON TOUR
BAM
voum
...
ODA
TAC

PATAAN
ouaaaah
gu gu gu gu gu
TAP TAP
vouch
QUELLE DROITE !
ouaaais
ouaaais
BAM
JE NE DOIS JAMAIS BAISSER MA GARDE À GAUCHE

MONSIEUR MIKAMI, ODA COMMENCE TROP FORT ! IL NE TIENDRA JAMAIS LA DISTANCE...
ouaaais
NE T'IN-QUIÈTE PAS POUR ÇA
ouaaah
CLUB DE BOXE NISHIKAWA
SES ENCHAÎNEMENTS SONT BONS, LES MOUVEMENTS SONT PARFAITS
IL PEUT LE FAIRE !
ALORS LE NOUVEAU QU'EST-CE QUE TU ATTENDS !?
IL NE FAIT QUE DÉFENDRE !
VOUCH
VOUF
TU NE PEUX PAS GAGNER SI TU N'ATTAQUES JAMAIS !
ZAF
ZAF
MERDE
IL ATTAQUE SANS ARRÊT JE PEUX PAS ME PRÉPARER
ouaaah
ouaaaah
HUM ...
ouaaah
ouaaaah
...

ODA EST EN SUPER FORME
SA DROITE DE TOUT À L'HEURE ÉTAIT IMPRESSIONNANTE, IL L'A PROJETÉ EN ARRIÈRE
SES ATTAQUES ÉCLAIR SONT TRÈS EFFICACES, ELLES OBLIGENT IPPO À SE PROTÉGER ET ELLES LE DÉCONCERTENT
ouaaah
MAIS ...
ouaaah
HOP
HOP
HOP
ouaaah
IL VOIT FACILEMENT SES ATTAQUES
IL ESQUIVE BIEN
S'IL RETROUVE SON CALME
ALORS D'UN SEUL COUP...
PETIT À PETIT...
JE M'HABITUE
ouaaah

BAM
tap
CE PETIT BLEU
IL ESQUIVE TOUT
ÇA SUFFIT !
IPPO AVANCE !
ouaaah
VOUCH
ouaaaah
HOP
SALE PE-TIT...
AT-TEN-TION
ouaaaah ouaaah
HOUMF
DYNAMITE GLOVES
ODA

KATAAN
...
DONG
...

C'ÉTAIT QUOI CE PUNCH ?
IL A TRAVERSE MA GARDE !
JE ME SENS INCROYABLEMENT LÉGER
C'EST LE MOMENT !
ZAF
ouaaah
ouaaaah
URGH
bouch
MERDE

IL EST TOUCHÉ
ATTAQUE-LE À FOND !
C'EST TA CHANCE !
PAF
PAF
ouaaaah
ouaaaah
VAS-Y IPPO !
ouaaaah
ouaaaah
ouaaaah
ouaaaah

IPPO
LA RAGE DE VAINCRE

ROUND 20 | MON DIEU !

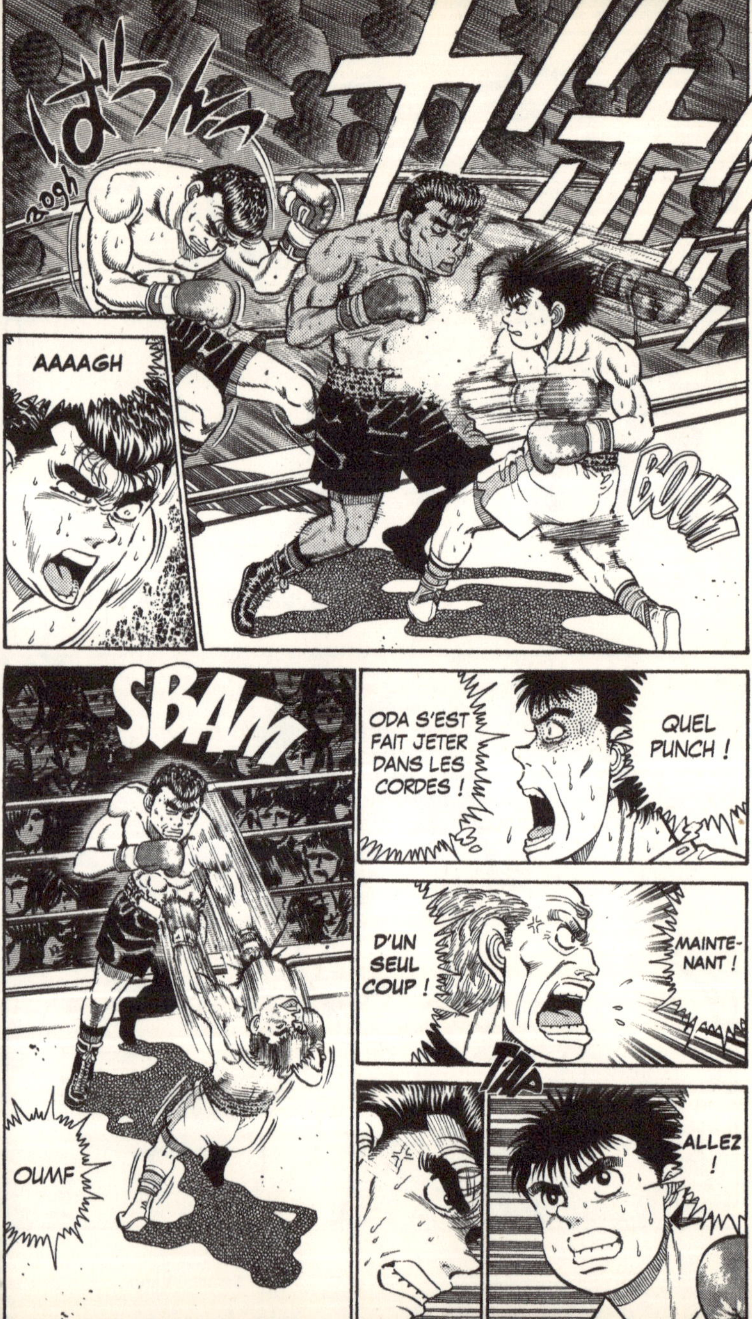
BOUM
AAAAGH
QUEL PUNCH !
ODA S'EST FAIT JETER DANS LES CORDES !
MAINTE-NANT !
D'UN SEUL COUP !
ALLEZ !
SBAM
OUMF

RESSERRE BIEN TA GARDE ! ODA A UN TRÈS BON PUNCH !
OH NOOON ! CET IDIOT S'EST PRIS UN CONTRE !
BAM
OUOOH !
VOUCH
OUAH !
BAM
OUGH
OUCH
ouaaah
BLAM
BLAM
BAM
BAM
ouaaah
ouaaah
ouaaah

PAM
BLAM
BOUF
OUAAAAH
GOOONG
STOOP !
ZOUP
WOAH ...
QUEL MATCH ...
ALLEZ LE NOUVEAU !
ouaaah
C'EST TOI QUI LE TOUCHAIS LE PLUS !
ouaaah
ouaaah
IL EST AUSSI MOTIVÉ QUE TOI !
ÉCOUTE, DANS UN ÉCHANGE DE COUPS C'EST LA VIGUEUR QUI FERA LA DIFFÉRENCE ! S'IL TE MET EN DIFFICULTÉ, ALORS FRAPPE DEUX FOIS PLUS FORT !
COM-PRIS ?
gla gla gla gla gla gla gla gla

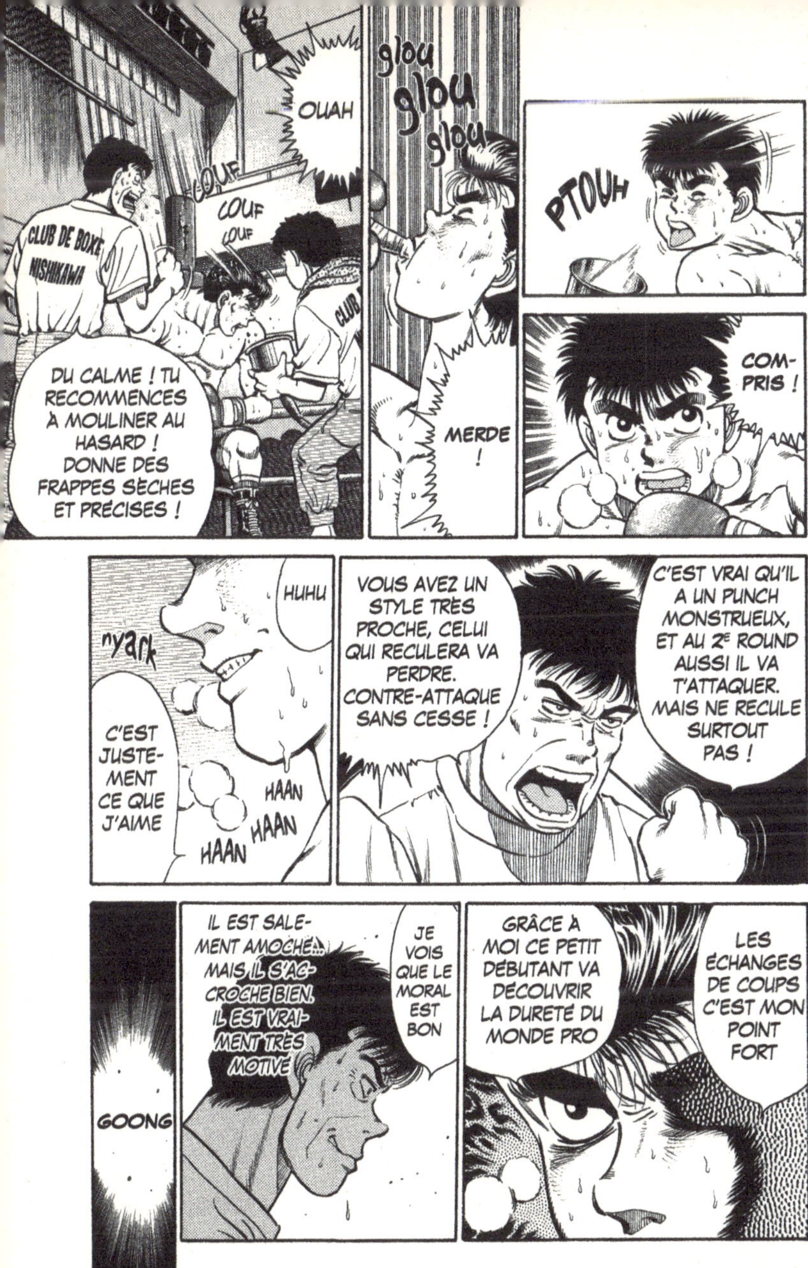
OUAH
COUF
COUF
COUF
CLUB DE BOXE NISHIKAWA
CLUB
DU CALME ! TU RECOMMENCES À MOULINER AU HASARD ! DONNE DES FRAPPES SÈCHES ET PRÉCISES !
glou glou glou
MERDE !
PTOUH
COM-PRIS !
HUHU
nyark
C'EST JUSTE-MENT CE QUE J'AIME
HAAN
HAAN
HAAN
VOUS AVEZ UN STYLE TRÈS PROCHE, CELUI QUI RECULERA VA PERDRE. CONTRE-ATTAQUE SANS CESSE !
C'EST VRAI QU'IL A UN PUNCH MONSTRUEUX, ET AU 2E ROUND AUSSI IL VA T'ATTAQUER. MAIS NE RECULE SURTOUT PAS !
GOONG
IL EST SALE-MENT AMOCHÉ... MAIS IL S'AC-CROCHE BIEN. IL EST VRAI-MENT TRÈS MOTIVÉ
JE VOIS QUE LE MORAL EST BON
GRÂCE À MOI CE PETIT DÉBUTANT VA DÉCOUVRIR LA DURETÉ DU MONDE PRO
LES ÉCHANGES DE COUPS C'EST MON POINT FORT

ouaah
WAC
pam pam pam pam
TAC
PATAC
BAAAM
UGH... IL A DES APPUIS INCROYA-BLEMENT SOLIDES
IL PEUT RÉTABLIR SON ÉQUILIBRE ET ATTAQUER DANS N'IMPORTE QUELLE POSITION !
JE DOIS LE FRAPPER JUSQU'À CE QU'IL NE PUISSE PLUS LEVER LE POING !
ATTAQUER ATTAQUER ATTAQUER !!!

QUELLE DÉTERMINATION ! IL ME REND CHAQUE COUP QUE JE PORTE
JE PERDRAI SI JE ME RELÂCHE UNE SEULE SECONDE
JE DOIS RESTER CONCENTRÉ
ET RIPOSTER DEUX FOIS PLUS FORT !
VOUCH
HOP
BOUF
BOUF
ouaaais
IL A ESQUIVÉ L'ATTAQUE POUR FRAPPER DEUX FOIS AU FLANC
IL A BEAUCOUP PROGRESSÉ EN IN FIGHT DEPUIS LA DERNIÈRE FOIS
CET ENFOIRÉ D'ODA RÉSISTE BIEN AUX BODY-BLOWS D'IPPO...
IL EN A PRIS UN PAQUET EN PLUS...
ouaaah
C'EST CE PUNCH-LÀ QUI VOUS A FAIT VOMIR
ouaaah
TU AVAIS REMARQUÉ ?
J'AI CRU QUE C'ÉTAIENT DES CRÊPES, J'AI FAILLI LES MANGER
NETTOYEZ LA PROCHAINE FOIS

OH NON LE NOUVEAU A MORFLÉ !
ouaah
AAAAAH !
ouaah
ouaah
DU CALME
REGARDEZ LA POSITION D'ODA
ouaah
ouaah
ouaah
ODA S'ENFERME DANS LE COIN
MÊME SI LE NOMBRE DE COUPS DE CHAQUE CÔTÉ EST PROCHE, LA DIFFÉRENCE DE PUISSANCE COMMENCE À SE FAIRE SENTIR
HAAN HAAN
HAAN HAAN

HUN
ZAF
JE NE PEUX PAS PERDRE
JAMAIS !
JE NE DOIS PAS PERDRE !
VOUCH
PAM
OUAAAH
JE T'AI EU !
ALLEEEZ ENCHAÎNE !

PAM
URGH
IDIOOOOT ! COMME TOUT À L'HEURE !
ARRÊTE ÇA TOUT DE SUITE !
ouaaah
MEERDE ! QUI A DIT QU'IL ÉTAIT NUL ET MANQUAIT DE RÉSISTANCE ?
IL ATTAQUE MOINS MAIS IL COGNE ENCORE TRÈS FORT ...
ouaaah
ODA ! POURQUOI TU N'EN AS PAS PROFITÉ POUR SORTIR DU COIN !?
...
ouaaah
PARCE QUE... LES COUPS AU CORPS LUI COUPENT LES JAMBES...
ouaaah
ALLEZ VIENS !
ZAF
JE NE DOIS PAS ME DECOURAGER, POUR ODA AUSSI ÇA DOIT ÊTRE DUR
JE DOIS ATTAQUER AVEC TOUT CE QU'IL ME RESTE DE FORCES !

OUAAAAAAH
QU'EST-CE QUI SE PASSE ? CE N'EST QUE LE PREMIER MATCH DE LA SOIRÉE
LA SALLE EST DÉJÀ SUR-CHAUFFÉE
PLIC PLIC
OUAAAAH
OOOH IL SE RELÈVE
BRAVO, ÇA C'EST DE LA VOLONTÉ !
OUAAAAH
IL NE PEUT PLUS GAGNER
...
C'EST LA PREMIÈRE FOIS QU'IL SE PRÉPARE AUSSI SÉRIEUSEMENT ET QU'IL MONTRE AUTANT DE DÉTERMINATION
JE VOUDRAIS TANT QU'IL GAGNE ! ...
OUAAAAH
OUA-AAH
POURQUOI IL A FALLU TOMBER SUR UN ADVER-SAIRE AUSSI FORT !?
PAM
GNUK

FIGHT !
MON DIEU ...
HAAN HAAN
JE NE VEUX PAS FINIR COMME ÇA
POURQUOI EST-CE QUE J'AI COURU AUTANT ?
POURQUOI EST-CE QUE JE ME SUIS DONNÉ À FOND ?
ÇA NE SERA PAS MON DERNIER RING
JE NE PEUX PAS PARTIR EN ME FAISANT TRAITER DE BOUFFON
VAS-Y IPPO !
FRAPPE-LE N'IMPORTE OÙ ET ÇA SUFFIRA !
TUE-LE !
PAM PAM PAM
PAM
COCOO CROCO
PAM
C'EST MA CHANCE DE LE METTRE K.-O. !
JE DOIS ABSOLU-MENT L'AVOIR !
TAP

ZAP
...
ZIP
HAA
!?
zing

VOUF
AH
OUF, IL L'A JUSTE EFFLEURÉ, J'AI EU PEUR
C'EST L'ENDROIT OÙ ODA EST TOMBÉ, IPPO A PEUT-ÊTRE GLISSÉ SUR SA TRANSPIRATION
ZA
IL FAUT RESTER VIGILANT
PAS QUESTION DE PRENDRE UN K.-O. SUR UN CONTRE !

ouaah
ouaah
ALLEZ, LE COUP DE GRÂCE !
ouaah
BLA BLA
BLA BLA
BLA BLA
QU'EST-CE QUI SE PASSE ? LE GONG N'A PAS SONNÉ
HEIN ?
DOC-TEUR !

...
HÉE C'EST QUOI TOUT CE SANG ?
LE CROCHET DU DROIT QUI L'A EFFLEURÉ ?
C'EST PAS DE CHANCE C'EST JUSTE AU-DESSUS DE L'ŒIL
SI LE DOCTEUR ARRÊTE LE MATCH IL VA PERDRE SUR K.-O. TECHNIQUE
LE PAUVRE, IL ÉTAIT EN TRAIN DE GAGNER
C'EST ASSEZ PROFOND ...
BLABLA BLABLA BLABLA
C'EST PAS VRAI...
ARRÊTÉ PAR LE MÉDECIN !?

IPPO
LA RAGE DE VAINCRE

ROUND 21	ARRÊT DU MÉDECIN !?

BLABLA
BLABLA
BLABLA
BLABLA
PAS QUESTION QUE JE PERDE LE MATCH COMME ÇA...
SI LE DOCTEUR M'ARRÊTE, JE PERDS SUR K.-O. TECHNIQUE !
K.-O. TECHNIQUE (TKO) : LE K.-O. TECHNIQUE SURVIENT LORSQUE L'ARBITRE DÉCIDE QU'UN COMBATTANT N'EST PLUS EN ÉTAT DE SE DÉFENDRE, ET QUE POURSUIVRE LE MATCH METTRAIT SA SANTÉ EN DANGER
QUELLE MALCHANCE, LA VICTOIRE ÉTAIT À PORTÉE DE MAIN MAIS CETTE COUPURE RISQUE DE L'AVEUGLER
MEERDE, S'IL AVAIT PAS GLISSÉ AU MAUVAIS MOMENT...
HE ?
ZAF
C'EST TROP TRISTE POUR IPPO QUE LE MATCH SE TERMINE COMME ÇA, VOUS TROUVEZ PAS !?
C'EST FLIP-PANT...
UNE FOIS DE PLUS IL A PRÉDIT L'AVENIR ...
?
?

EUH...
HUM
hu
LE MÉDECIN A L'AIR INDÉCIS
C'EST DIFFICILE DE TRANCHER, IPPO MENAIT LARGEMENT
zing
C'EST NORMAL, IL ÉTAIT EN TRAIN DE GAGNER
CE SERAIT INJUSTE DE L'ARRÊTER MAINTE-NANT
IL EST MOTIVÉ CE NOUVEAU

HÉE LAISSE-LE CONTINUER !
C'EST SON PREMIER MATCH !
ouaaaais
CONTINUE ! CONTINUE !
ouaaaah
HUM... FINALEMENT CE N'EST PAS SI PROFOND QUE ÇA
VOUS POUVEZ CONTINUER POUR L'INSTANT
MAIS SI LA PLAIE S'AGRANDIT JE VOUS ARRÊTE TOUT DE SUITE, COMPRIS ?
BON ! PRÉPARE LES SACS DE GLACE, VITE ! ET DE L'ABITEN !
ouaaaah
OUAIS ILS CONTINUENT !
MERCI DOCTEUR !
ouaaaaah

STOP !
ZAF
GONG
GONG
GONG
GONG
C'EST L'OCCASION POUR LE VIEUX DE MONTRER CE QU'IL SAIT FAIRE
ET LÀ
C'EST COMME UN COUP DE CANIF, LE GENRE DE COUPURE QU'ON NE SOIGNE PAS FACILEMENT
C'EST LA FIN DU 2E ROUND, MAIS EST-CE QU'ILS VONT POUVOIR ARRÊTER L'HÉMORRAGIE ?
JE ME SUIS DONNÉ À FOND POUR GAGNER AUJOURD'HUI, JE NE PEUX PAS PERDRE COMME ÇA...
PRESIDENT, ÇA VA S'ARRÊTER DE SAIGNER ?
ZAF
PLAF
AÏE !

NE T'INQUIÈTE PAS, JE VAIS STOPPER LE SAIGNEMENT !
C'EST PLUS PROFOND QUE JE NE LE PENSAIS
C'EST DE L'ABITEN, MON ARME SECRÈTE POUR REFERMER LES PLAIES
APRÈS EN AVOIR MIS DANS LA BLESSURE ON APPLIQUE UNE POMMADE D'ADRÉNALINE
ET POUR FINIR...
JAM
YAH !
ALORS ??
ÇA S'EST ARRÊTÉ !

HA ! STOPPER LES SAIGNEMENTS C'EST LE BOULOT DU SOIGNEUR
MAIS
ÉVITER DE ROUVRIR LA BLESSURE EN PROTÉGEANT LA PLAIE, C'EST LE BOULOT DU BOXEUR !
MERCI BEAUCOUP !
MAIS IL EST FORMIDABLE COMME SOIGNEUR
SACRÉ PÉPÉ ! JE NE SAIS PAS COMMENT IL FAIT CE COUP-LÀ
ODA DOIT ÊTRE TRÈS ABÎMÉ ! ALORS TU VAS LE TERMINER AU 3E ROUND !
OUI !
KAMOGAWA BOXING
SI LE MATCH SE PROLONGE, ELLE RISQUE DE SE ROUVRIR
POUR LIMITER LES RISQUES, IL FAUDRA GAGNER VITE
ROUND 3 TEMPS RESTANT 3 00
COIN ROUGE
C'EST DOMMAGE POUR TON ADVERSAIRE CETTE BLESSURE, MAIS C'EST TA COMBATIVITÉ QUI T'A OFFERT CETTE CHANCE
OUI C'EST UNE CHANCE
ET C'EST MA DERNIÈRE CHANCE !
TU AS BIEN FAI DE TE RELEVER APRÈS L DOWN
TANT QUE TU N'ABANDONNES PAS ON NE SAIT JAMAIS CE QUI PEUT ARRIVER

MÊME ASSIS MES JAMBES ME PORTENT À PEINE
JE NE TIENDRAI PAS UN ROUND DE PLUS
gu
gu
gu
IL FAUT EN FINIR AU 3E ROUND !
JE VAIS L'ATTAQUER À FOND POUR GAGNER !
BIIIP
ROUND
3
TEMPS RESTANT
3:00
COIN BLEU
ROUND THREE !
QU'IL SAIGNE OU QU'IL GAGNE...
DE TOUTE FAÇON CE SERA LE DERNIER ROUND
gnuk
IPO
gnuk
ODA

ROUND
3
COIN BLEU
TEMPS RESTANT
3:00
OUEST
FIGHT !
GOOONG

LE NOUVEAU ATTAQUE !
OUAAAAH
OUAAAAH
OUAAAAH
OUEST
ZAF
JE NE VEUX PAS PERDRE SUR ARRÊT DU MÉDECIN !
IL FAUT TERMINER À CE ROUND !
GR-RAH
BIM BIM
BIM
GU GU

REGARDEZ, ODA N'A PAS RÉCUPÉRÉ DES DÉGÂTS DE TOUT À L'HEURE !
OUAAAH
VAS-Y, ATTAQUE-LE !
S'IL NE SAIGNE PLUS C'EST GAGNÉ, IL EST EN PLEINE FORME !
OUAAAH
HEIN !!
dodom
dodom
BLAM
ARRÊTE ÇA TOUT DE SUITE !
OOOOH !
VOUCH

VLA
IL VISE TON ŒIL GAUCHE, ATTEN-TION AUX PUNCHS DU DROIT !
NE RESTE PAS À DISTANCE, RAPPROCHE-TOI !
ATTEN-TION À MON ŒIL GAU-CHE !
hop
IL EST PASSÉ DESSOUS ! COMME AU 2E ROUND !
ouaaaah
ouaaaah
ouaaaah
IL VA LE METTRE K.-O. !
GNAP
PFFF
AC-CRO-CHA-GE
AAAH

BAM BAM BAM BAM
BAM BAM BAM BAM
OUAAAH
CET ENFOIRE EN PROFITE POUR ATTAQUER SON ŒIL, C'EST DÉGUEULASSE !
HÉ L'ARBITRE, SÉPARE-LES VITE !
OUAAAH
BREAK !
ÉCARTEZ-VOUS !
JAM
OUAAAH
...
OH NON !

MALGRE MA GARDE
PUC
LE SANG COULE À CAUSE DES CHOCS
QUEL SALAUD, IL VISE SON ŒIL EXPRÈS
ouaaah
ouaaah
MAIS NON, C'EST NORMAL POUR UN PRO D'ATTAQUER UN POINT FAIBLE
ouaaah
ouaaah
HUM
ouaaah
NON NE RECULE PAS ! IL VA EN PROFITER !
WAAAAH

BAAM
BAAM
URGH
GU
GU GU
SI JE SAIGNE DAVANTAGE C'EST L'ARRÊT AUTOMATIQUE
SI JE BAISSE MA GARDE GAUCHE, C'EST TERMINÉ
VOUF
ouaaah
SES ATTAQUES DU DROIT VIENNENT DE TROP LOIN POUR ME SURPRENDRE
C'EST EMBÊTANT, IL NE PEUT PLUS FAIRE SES JABS DU GAUCHE
LES DIRECTS DU DROIT SONT TROP LONGS, IL A TRÈS PEU DE CHANCE DE TOUCHER S'IL NE GUIDE PAS LE COUP AVEC UN PREMIER JAB GAUCHE
ouaaah
ouaaah

REGARDE !
IPPO VA FINIR PAR PERDRE !?
PAUVRE IPPO, IL A PERDU SON GAUCHE ET ODA EN PROFITE DE PLUS EN PLUS
IL SUFFIRAIT D'UN SEUL JAB...
ODA ATTAQUE AVEC SES DERNIÈRES FORCES
ouaah
ouaah
ÇA SAIGNE DE PLUS EN PLUS !
IL FAUT FAIRE QUELQUE CHOSE...
L'ARBITRE HÉSITE, CE N'EST QU'UNE QUESTION DE SECONDES
ON A GA-GNÉ !
ouaah
OH IL SAIGNE DE PLUS EN PLUS !
L'ARBITRE VA ARRÊTER LE MATCH ?
ouaah

BAAM
BONG
SPLIC
...
CETTE FOIS C'EST OUVERT !
C'EST FINI ILS VONT ME DECLARER FORFAIT
...
NON JE REFUSE !
gnak
HEIN ?
IL A ...

IL A PRIS UNE GARDE DE GAUCHER !

HAAN HAAN
HAAN HAAN

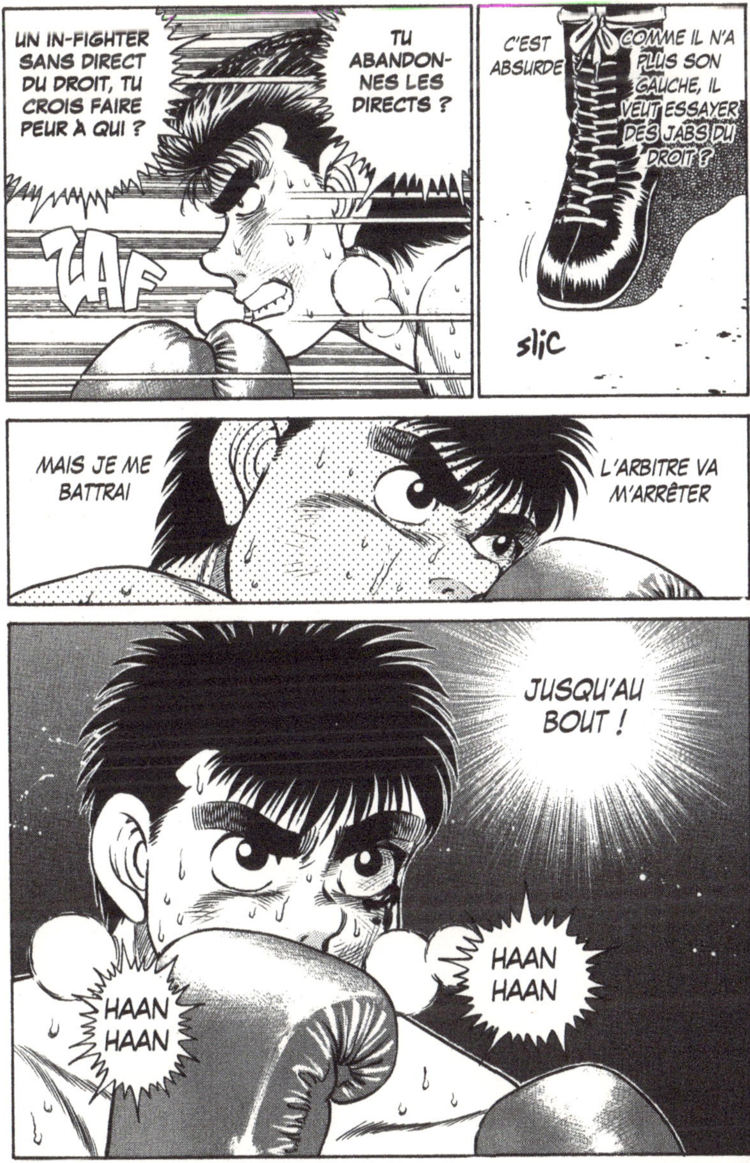
COMME IL N'A PLUS SON GAUCHE, IL VEUT ESSAYER DES JABS DU DROIT ?
C'EST ABSURDE
slic
TU ABANDONNES LES DIRECTS ?
UN IN-FIGHTER SANS DIRECT DU DROIT, TU CROIS FAIRE PEUR À QUI ?
ZAF
L'ARBITRE VA M'ARRÊTER
MAIS JE ME BATTRAI
JUSQU'AU BOUT !
HAAN HAAN
HAAN HAAN

IPPO
LA RAGE DE VAINCRE
ROUND 22 | GAUCHER IMPROVISÉ

JE ME BATTRAI JUSQU'AU BOUT !
JE VAIS TENTER LE TOUT POUR LE TOUT EN INVERSANT MA GARDE
UNE GARDE DE GAUCHER !?
PRÉSIDENT, IL A UNE CHANCE EN CHANGEANT DE STYLE COMME ÇA ?
J'EN SAIS RIEN ! MAIS...
DE TOUTE FAÇON IL N'A PAS D'AUTRE SOLUTION
MAINTENANT IL FAUT LUI FAIRE CONFIANCE ...
HÉHÉHÉ, J'ADORE CE GENRE DE PARI !
EST-CE QUE ÇA VA JOUER À SON AVANTAGE OU NON ?
ALLEZ IPPO !

JE LE BLOQUE AVEC UN JAB DU DROIT ET JE LE FINIS AVEC UN DIRECT DU GAUCHE !
IL ATTAQUE !
gnuk
EST
HEIN ?
ZA
hop
ZA
ZA
MERDE, IL Y A QUELQUE CHOSE QUI NE VA PAS !
ZA
IL N'A PAS DU TOUT L'HABITUDE DE BOXER COMME UN GAUCHER, SES JABS SONT TROP LENTS POUR M'ARRÊTER !
PFF SES PROPRES COUPS L'ÉTONNENT

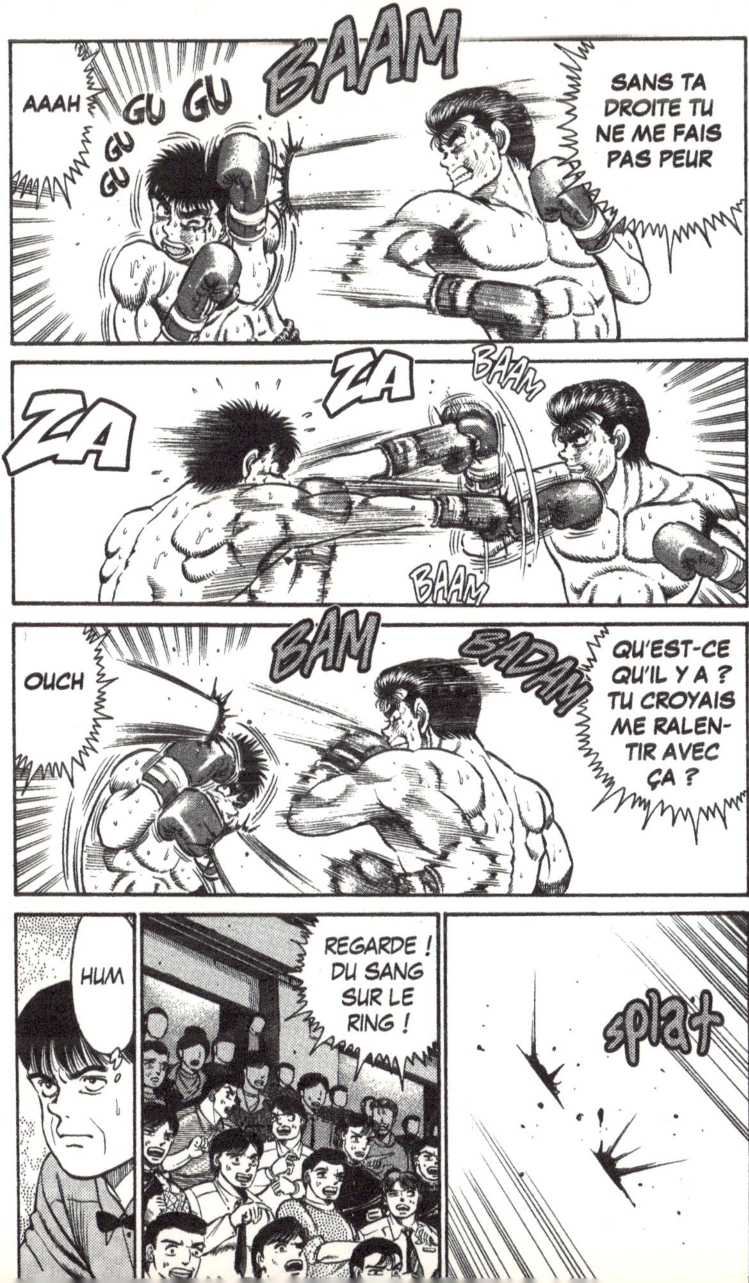
SANS TA DROITE TU NE ME FAIS PAS PEUR
BAAM
GU GU GU GU
AAAH
BAAM
ZA
ZA
BAAM
QU'EST-CE QU'IL Y A ? TU CROYAIS ME RALEN-TIR AVEC ÇA ?
BADAM
BAM
OUCH
splat
REGARDE ! DU SANG SUR LE RING !
HUM

ON DIRAIT QUE ÇA NE FAIT QUE LE GÊNER
DOMMAGE, L'IDÉE ÉTAIT BONNE
!!
BAM
HAAN HAAN
OUAAAH
HAAN HAAN
OUAAH
OUAAAH
HAAN HAAN
NOS POSITIONS SONT INVERSÉES
JE VAIS TE FINIR D'UN SEUL COUP !
ZAF
ZAAA
MERDE !

カ!!
BAM
TROP LENT !
VOUCH
ZOUF
MEER-DE
VOUCH
VOUCH
ZA
HAN
OUAAAH
D'HABITUDE IL UTILISE SON DROIT POUR METTRE K.-O., SON ÉPAULE EST CRISPÉ
C'EST CE QUI L'EMPÊCHE D'ENCHAÎNER DES SÉRIES RAPIDES
DÉTENDS-TOI, DÉTENDS-TOI !
OUAAAH
COMMENT VEUT-IL QUE JE ME DÉTENDE DANS CETTE SITUATION !?

AAH... IL EST BLOQUÉ DANS LE COIN
IL NE VA PLUS POUVOIR ESQUIVER LES COUPS
S'IL EN PREND UN SEUL, C'EST FINI C'EST SÛR
L'ARBITRE VA FORCÉMENT L'ARRÊTER
カッ
BAM
GU GU GU GU
AH
IL SAIGNE DE PLUS EN PLUS
JE VAIS ÊTRE OBLIGÉ DE L'ARRÊTER ?
ALLEZ ARRÊTE TOUT !
DÉPÊCHE-TOI !
NON PAS ENCORE !
IL EST ENCORE CAPABLE DE SE BATTRE, NE L'ARRÊTE PAS !

JUSTE UN JAB...
VOUM
SI JE POUVAIS JUSTE DONNER UN BON JAB, J'AURAIS L'OCCASION D'ENCHAÎNER DU GAUCHE
C'EST CE QUI M'A MIS EN CONFIANCE
C'EST LE PREMIER PUNCH QUE J'AI APPRIS
POURQUOI JE N'Y ARRIVE PAS ? C'EST JUSTE PASSER DU GAUCHE AU DROIT...
HOP
C'ÉTAIT UN BON JAB
LA PREMIÈRE FOIS...

!!
MAIS OUI, UN JAB C'EST...
VROU
CH
HUM

OOOH
NOON IL L'A EU !
OUAAAH
TAP
L'ARBITRE APPROCHE
C'EST FINI !
C'EST FOUTU
...
gnuk
LE COUP DE GRÂCE !

DYNA TE GLOVES
NORD
PAM
MITE GLOVES
NORD
PAM
SALE PE- TIT...

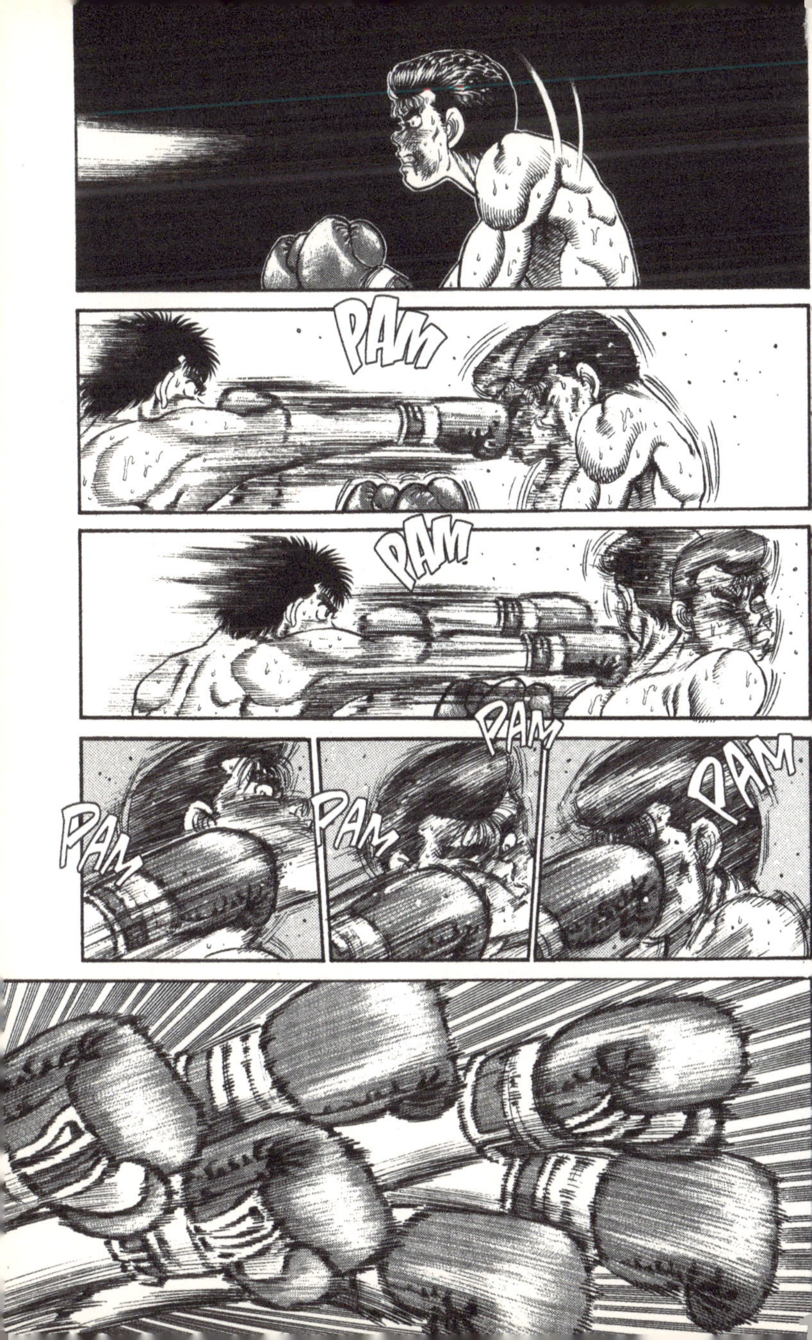

PAM
PAM!
PAM
PAM
PAM
PAM

SHBAAAM

BAAM

ouaaaah
VAS-Y !
TON DIRECT DU GAUCHE !
YAAAAAH
STOP !
ZAF

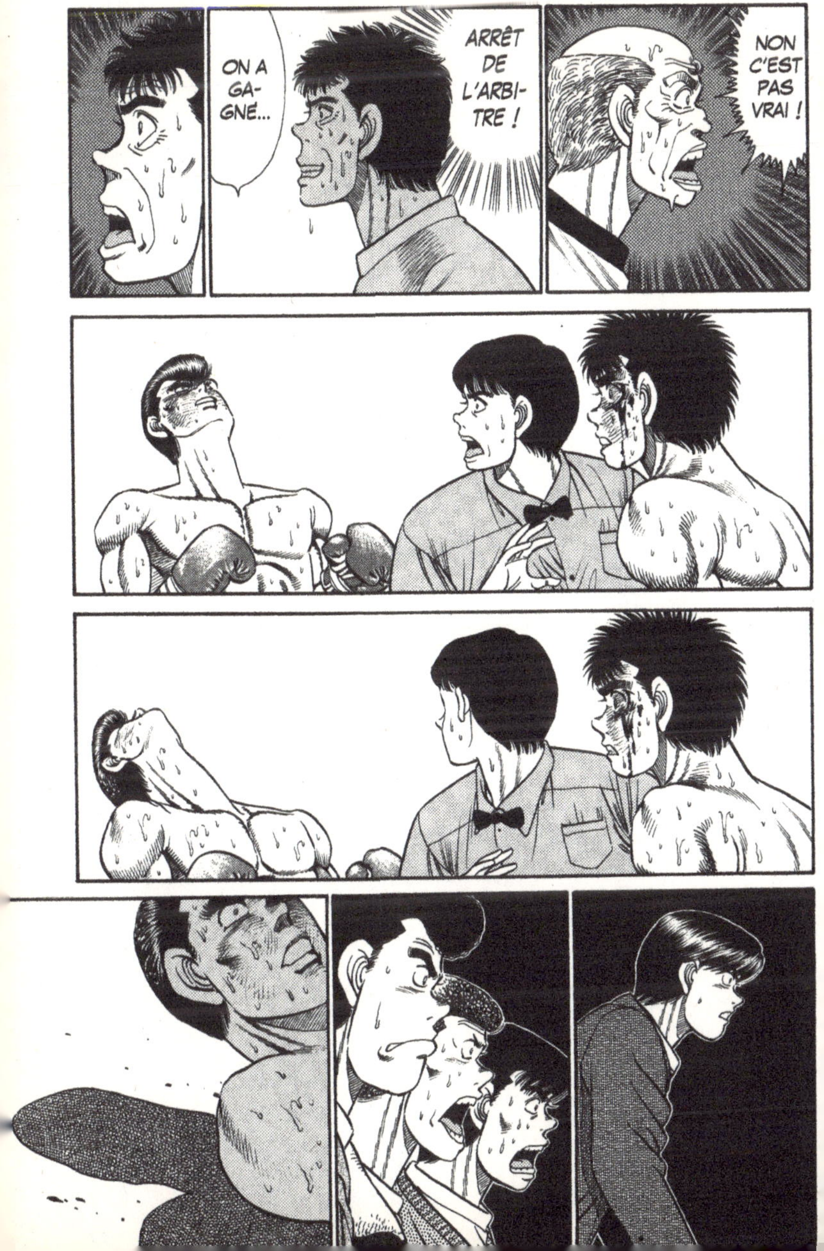
NON C'EST PAS VRAI !
ARRÊT DE L'ARBITRE !
ON A GAGNÉ...

IPPO
IPPO

BLAF
ODA
...!!

MAKUNOUCHI, VAINQUEUR !
GOONG
GOONG
GOONG
GOONG
GOONG
GOONG
zaf

YAAAA-HOO-OOOU
ouaaaaaaah
GLOVES
NORD
ouaaaaaah
ouaaaaaaah
HIII
HIIII
HIIII
ouaaaaaaah
ouaaaaaaah
BLAAAH
J'AI... J'AI GAGNÉ !

Ippo

la rage de vaincre

IPPO
LA RAGE DE VAINCRE

ROUND 23	LES FRUITS DE LA VICTOIRE

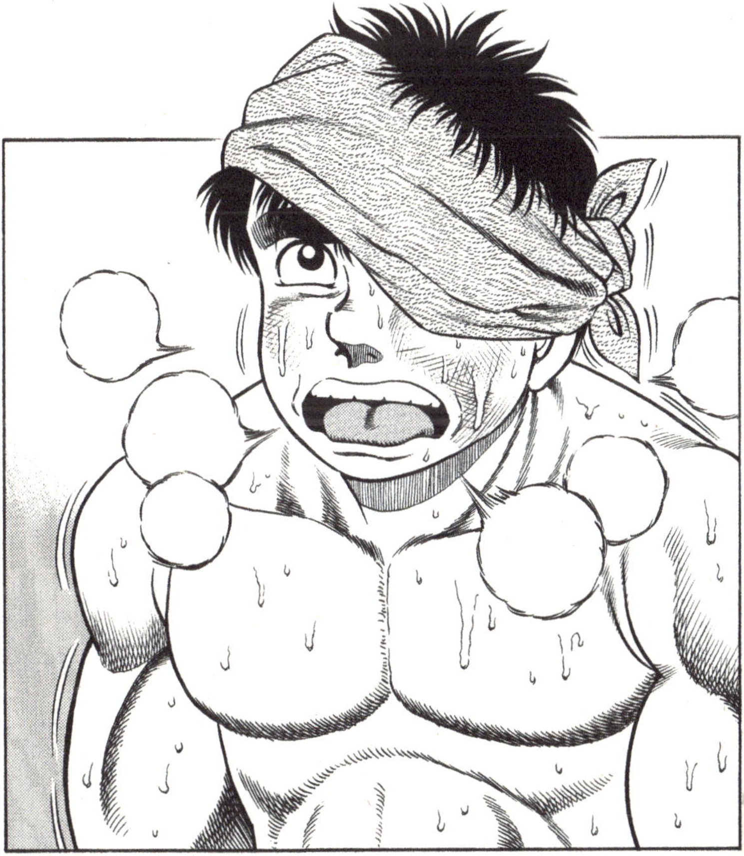

ouaaah
OUAAAAIS
LE NOUVEAU
A GAGNÉ !
ON CROYAIT
QUE L'ARBITRE
ALLAIT TOUT
ARRÊTER MAIS
IL L'A MIS K.-O.
AU DERNIER
MOMENT !
ouaaah
ouaaah

OUAAAAH
OUAAAAH
OUAAAAH
CLUB DE BOXE
CLUB DE
NISHIKA
IL L'A ABATTU AVEC JUSTE SES JABS DU DROIT !
COMBIEN IL Y EN AVAIT EN TOUT !?

C'ÉTAIT VRAIMENT D'UN TRÈS HAUT NIVEAU !
JE CROIS QU'ON VIENT DE VOIR UN MATCH EXTRAORDI-NAIRE
OUAAAAH
PERSONNE NE POURRAIT RÉSISTER À UNE SÉRIE PAREILLE
MAIS À LA FIN C'ÉTAIENT PLUS DES DIRECTS QUE DES JABS
OUAAAAH
OUAAAAH
OUAAAAH
HIIII HIIII
HOP HOP
BRAVO IPPO !
KAMOG BOXIN GIM
OUAAAAH
OUAAAAH
... AH
ODA !
EST

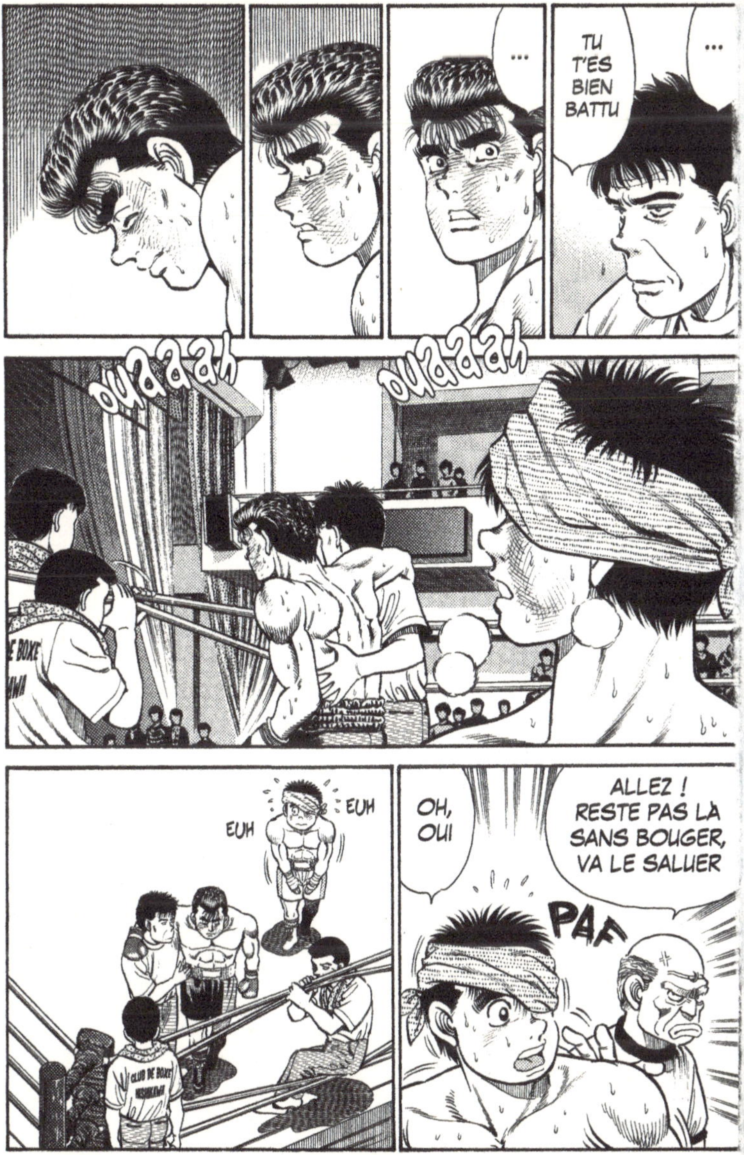
...
TU T'ES BIEN BATTU
...
OUAAAAH
OUAAAAH
ALLEZ ! RESTE PAS LA SANS BOUGER, VA LE SALUER
PAF
OH, OUI
EUH
EUH

EUH...
T'AS FAIT UN SUPER MATCH ! COMMENT VA TON ŒIL ?
FÉLICITATIONS POUR TON PREMIER MATCH, BONNE CHANCE POUR LA SUITE !
MERCI ! MERCI BEAUCOUP !
TAP
TAP
TAP

ALORS ? ÇA FAIT COMMENT DE GAGNER PAR K.-O. ?
EUH JE NE RÉALISE PAS ENCORE, J'ÉTAIS PLUS MOI-MÊME...
J'AI L'IMPRESSION D'AVOIR EU BEAUCOUP DE CHANCE
HEIN ?
ouaaaaah
ouaaaaah
TR
ouaaaaah
BRAVO MAKUNOUCHI !
DEVIENS CHAMPION DES ESPOIRS !
JE REVIENDRAI T'ENCOURAGER !
CLAP
CLAP CLAP
CLAP CLAP

CLAP CLAP CLAP CLAP CLAP CLAP
CLAP CLAP CLAP CLAP CLAP CLAP
MERCI !
MERCI BEAUCOUP !
MERCI
hop
hop
CLAP CLAP CLAP CLAP CLAP CLAP CLAP CLAP CLAP CLAP CLAP CLAP CLAP
CLAP CLAP CLAP CLAP CLAP CLAP CLAP CLAP CLAP

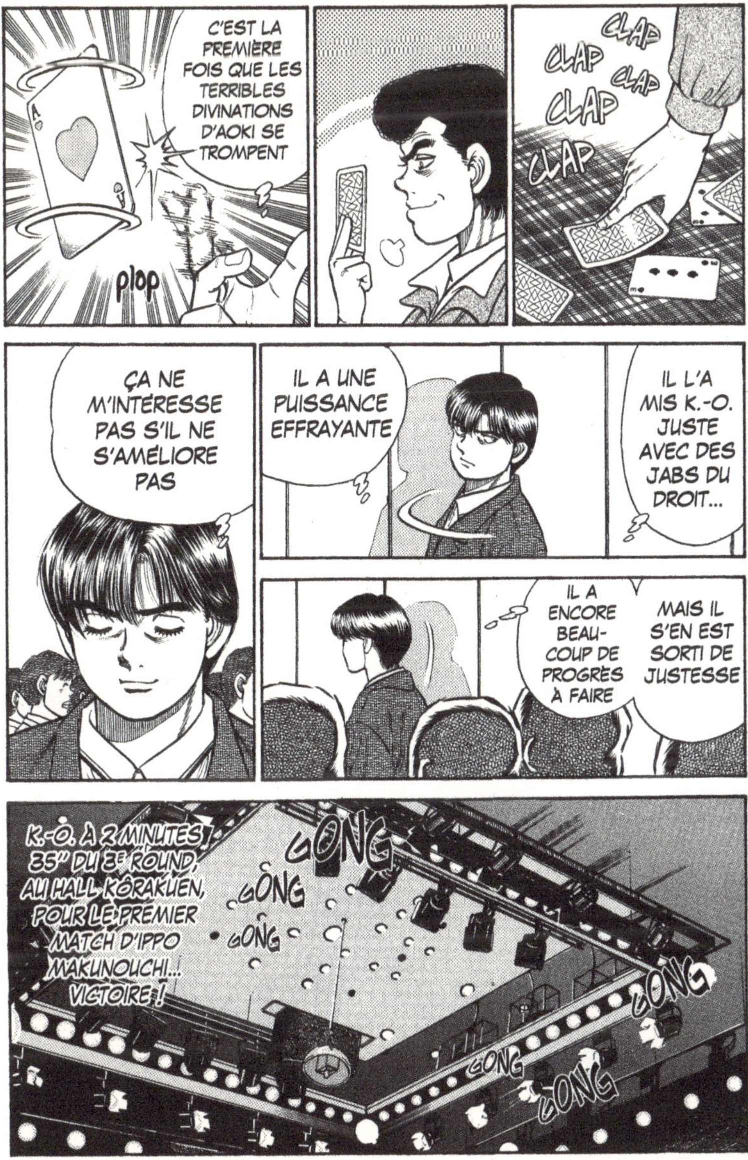
CLAP
CLAP
CLAP
CLAP
CLAP
C'EST LA PREMIÈRE FOIS QUE LES TERRIBLES DIVINATIONS D'AOKI SE TROMPENT
plop
IL L'A MIS K.-O. JUSTE AVEC DES JABS DU DROIT...
IL A UNE PUISSANCE EFFRAYANTE
MAIS IL S'EN EST SORTI DE JUSTESSE
IL A ENCORE BEAUCOUP DE PROGRÈS À FAIRE
ÇA NE M'INTÉRESSE PAS S'IL NE S'AMÉLIORE PAS
GONG
GONG
GONG
GONG
GONG
GONG
K.-O. À 2 MINUTES 35'' DU 3E ROUND, AU HALL KÔRAKUEN, POUR LE PREMIER MATCH D'IPPO MAKUNOUCHI... VICTOIRE !

CLAC
CLAC
CLAC
CLAC
ON VOUS PRÉCÈDE DANS LA SALLE D'ATTENTE, ON VA PRÉPARER DES GLAÇONS POUR SES BLESSURES
D'AC-CORD
CLUB DE NISHIKI
CLAC
CLAC
CLAC
CLAC
CLAC
IL M'A REMER-CIÉ
IL ...
snif
OUI ...
IL T'A RE-MER-CIÉ
MER-DE
C'EST MOI QUI AURAIS DÛ LE REMERCIER
CLAC

LE MATCH D'AUJOURD'HUI ÉTAIT PASSIONNANT DU DÉBUT À LA FIN
J'AI DECOUVERT... À QUEL POINT LA BOXE POUVAIT ÊTRE UN SPORT FANTASTIQUE SI ON SE DONNE À FOND
QU'EST-CE QUE J'AI FAIT JUSQU'À AUJOURD'HUI ?
JE PRENAIS TOUT ÇA À LA LEGÈRE, TROP FIER DE MOI-MÊME ET DE MON PETIT PUNCH...
QUEL CON...
CLAC
CLAC
CLAC
Salle A
CLUB DE BOXE NISHIKAWA

TU AS VU ...
MALHEU-REUSE-MENT
TU AS PERDU
MAIS... C'EST PAS GRAVE
TU N'AVAIS JAMAIS ÉTÉ AUSSI BEAU
CONTI-NUE À T'ENTRAÎ-NER...
JE VEUX ENCORE T'ENCOURA-GER
...
MOI AUSSI... JE N'AI JAMAIS EU AUTANT ENVIE DE POURSUIVRE LA BOXE
MAIS C'EST TROP TARD, MAINTENANT QUE J'AI PERDU PLUS PERSONNE NE VOU-DRA M'ORGANISER DES MATCHS

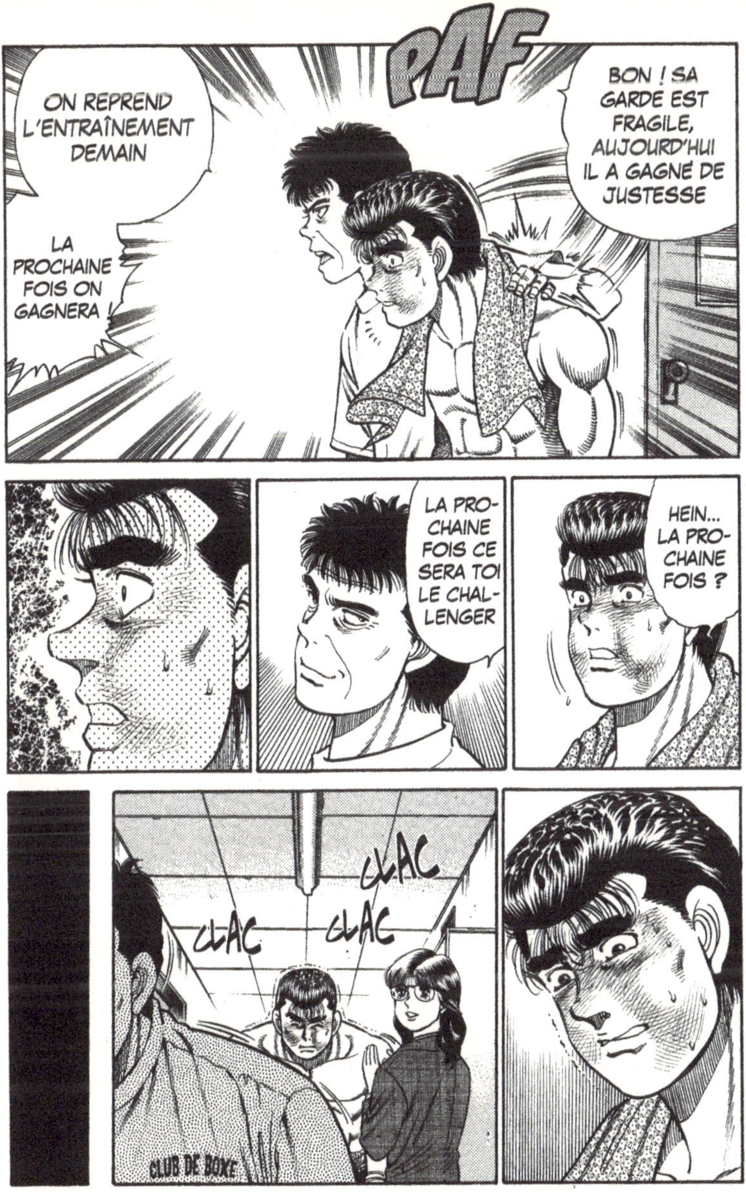
PAF
BON ! SA GARDE EST FRAGILE, AUJOURD'HUI IL A GAGNÉ DE JUSTESSE
ON REPREND L'ENTRAÎNEMENT DEMAIN
LA PROCHAINE FOIS ON GAGNERA !
HEIN... LA PRO-CHAINE FOIS ?
LA PRO-CHAINE FOIS CE SERA TOI LE CHAL-LENGER
CLAC
CLAC
CLAC
CLUB DE BOXE

MOUAHA-HAHA ! IL A GAGNÉ ! BRAVO IPPO !
TIENS YAGI, ÇA DEVRAIT SUFFIRE
MERCI
HEIN ? LE VIEUX RENTRE DÉJÀ ?
PRÉ-SI-DENT !
ENCORE MERCI POUR TOUT !
HUM
QUEL VIEUX GRINCHEUX, IL N'A MÊME PAS FÉLICITÉ IPPO
POUR-TANT IL S'EST DONNÉ À FOND POUR CE MATCH
BAAAH
BAAAH
MAIS NON, DE NOUS TOUS C'EST SÛREMENT LE PRÉSIDENT QUI EST LE PLUS FIER DE CETTE VICTOIRE
REGARDEZ
OOOH !?
COCCO-CROCO

IL M'A DIT D'ALLER FÊTER NOTRE VICTOIRE AVEC CET ARGENT
HOURRA !
TOKYO DO
IL N'Y A QUE DANS CES OCCASIONS QU'ON PEUT BOIRE !
LÀ-BAS !?
BAR Sugar Ray
OUI C'EST BIEN LÀ !
HEIN ? MAIS JE CROYAIS QUE LES BOXEURS NE POUVAIENT PAS BOIRE D'ALCOOL...
OH LA FERME !
IL N'Y A QUE DANS CES OCCASIONS QU'ON PEUT BOIRE !
MAIS ENFIN JE SUIS MINEUR...
TU PRENDRAS JUSTE UNE BIÈRE
IL FAUT QUE TU PARTICIPES AUSSI À LA FÊTE

OH, BONSOIR MONSIEUR YAGI !
ÇA FAISAIT LONGTEMPS MONSIEUR TAKAMURA !
YAAAAH
TAP TAP TAP
COUCOU AKEMIII !
RESTEZ RAISONNABLES QUAND MÊME
HOP HOP
YAAAAH
YAAAAH
YAAAAH
VOS GARÇONS SONT EN FORME, COMME D'HABITUDE !
HÉHÉ, OUI MADAME, EN FAIT AUJOURD'HUI...
OOOH, IL EST BOXEUR AUSSI ?
TU AS GAGNÉ AUJOURD'HUI ?
ON DIRAIT UN PETIT GARÇON, MAIS TRÈS TRÈS FORT !
...
COCCO-CROCO
POUR LA VICTOIRE D'IPPO À SON PREMIER MATCH...
SANTÉ !

TCHINK
FÉLICITATIONS !
MERCI ! MERCI !
YAHAHAHAHA
ON NE S'ATTENDAIT VRAIMENT PAS À CE QU'ODA SE BATTE COMME ÇA
SANS TES JABS MIRACULEUX, TU ÉTAIS MAL
TES JABS DU DROIT ÉTAIENT TELLEMENT LENTS AU DÉBUT, ON N'Y CROYAIT PLUS
COMMENT TU AS FAIT POUR ACCÉLÉRER COMME ÇA D'UN SEUL COUP ?
JE ME SUIS SOUVENU AU DERNIER MOMENT QUE JE DEVAIS RELÂCHER MES POINGS
C'ÉTAIT LA PREMIÈRE CHOSE QUE MONSIEUR TAKAMURA M'AVAIT APPRISE...
...
DANS LA SITUATION OÙ IL ÉTAIT, IL N'Y A QU'IPPO QUI N'AURAIT PAS ABANDONNÉ
IL ÉTAIT SI FAIBLE LA PREMIÈRE FOIS QU'IL EST ENTRÉ AU CLUB
IL EST DEVENU TELLEMENT SOLIDE...

QU'EST-CE QU'IL Y A ? TRINQUONS À TA VICTOIRE !
FÉLICITATIONS IPPO, ENCORE BRAVO POUR CETTE VICTOIRE À TON PREMIER MATCH
BON COURAGE POUR LA SUITE, JE REVIENDRAI T'ENCOURAGER !
ZA
TCHINK
T-CHINK
...
SLURP
JE NE SAVAIS PAS QUE GAGNER POUVAIT ÊTRE SI AGRÉABLE
C'EST LA PREMIÈRE FOIS QUE JE VIS ÇA... FAIRE LA FÊTE AVEC DES AMIS...
J'AIME BEAUCOUP LES GARÇONS COMME ÇA, JE VAIS DEVENIR FAN D'IPPO !
OH REGARDE COMME IL EST MIGNON QUAND IL ROUGIT !
GNIK

HIHI, MAIS DE QUOI VOUS PARLEZ ?
OH NON RIEN, RIEN DU TOUT !
BAM
MAIS ENFIN MONSIEUR TAKAMURA ARRÊTEZ ! J'AVAIS TROP HONTE À CAUSE DE VOS ENCOURAGEMENTS AVANT LE MATCH !
PEUH ! MIGNON ? ELLES SE SONT LAISSÉES AVOIR...
ELLES DIRAIENT PAS ÇA SI ELLES AVAIENT VU SON ÉNORME TRUC
mona mona mona mona mona
HYAAAH !
ON PARLE DE ÇA !
ZOUP
...

Ippo
la rage de vaincre

IPPO
LA RAGE DE VAINCRE

ROUND 24	PEEK-A-BOO

CUI
CUI
CUI
HÉ IPPO ! TU PEUX DORMIR ENCORE UN PEU !
TU DOIS ÊTRE FATIGUÉ APRÈS TON MATCH D'HIER ?
ZOUP
ZOUP
BATEAU DE PÊCHE MAKUNOUCHI
TEL -000-0000
HOP
HOP
HOP
ZOUP
ZOUP
ZOUP-ZOUP
NON NON, ÇA VA
C'EST BON POUR MON CORPS DE S'ACTIVER DÈS LE MATIN !
À CE SOIR !
BATEAU DE PÊCHE MAKUNOUCHI
TEL -000-
♫
HOP
HOP
HOP
IL A L'AIR TELLEMENT HEUREUX

HOP
HOP
HOP
CLAP
CLAP
CLAP
CLAP
CLAP
CLAP
CLAP
CLAP
...
QUAND MONSIEUR TAKAMURA PARLAIT DE LA PLUIE DES APPLAUDISSEMENTS, IL AVAIT BIEN RAISON
JE N'OUBLIERAI JAMAIS CE MOMENT !
CELUI-LÀ PAR CONTRE JE VAIS ESSAYER DE L'OUBLIER...

2-A
BLA BLA
BLA BLA
BLA BLA
ZOUP ZOUP
QU'EST-CE QU'ILS VONT DIRE EN REMARQUANT MES PANSEMENTS ?
ÇA VA LES SURPRENDRE SI JE LEUR REVÈLE QUE JE SUIS BOXEUR PRO ET QUE J'AI GAGNE UN MATCH
dodom
INCROYABLE MAKUNOUCHI ! T'ES TROP FORT !
ouaaah !
T'ES VRAIMENT TROP COOL MAKUNOUCHI !
MAIS ATTENTION, IL NE FAUDRAIT PAS QU'ILS TROUVENT QUE JE SUIS TROP FIER DE MOI
HU HU
CLAC
HEEE ?
C'EST QUOI CES PANSEMENTS MAKUNOUCHI ?
ET VOILÀ !

HEIN !? TU ES BOXEUR PRO ??
OOOH
MAIS ÇA FAIT MAL ? POURQUOI TU FAIS DE LA BOXE ??
C'EST SUPER EN TOUT CAS
C'EST VRAIMENT COOL, BOXEUR
ET PROFESSIONNEL !
BLA BLA BLA
MAIS COMMENT TU VAS FAIRE POUR TES ÉTUDES ?
T'ES GONFLÉ DE FAIRE UN TRUC PAREIL À TON ÂGE
TU VAS VIVRE DE LA BOXE AU LIEU D'ALLER EN FAC ?
HUM EUH JE N'Y AI PAS VRAIMENT RÉFLÉCHI
POUR L'INSTANT JE ME CONCENTRE SUR LA BOXE
ATTENTION, LE PROF !
MERDE
CLAC
VOUS POUVEZ VOUS ASSEOIR
CLAC
CLAC
pof
ILS VONT ME POSER PLEIN DE QUESTIONS À LA PAUSE DÉJEUNER
dodom dodom
ET À L'HEURE DU REPAS ...

À TON AVIS QUEL SUJET ÇA SERA L'EXAM DE PHYSIQUE, LA SEMAINE PROCHAINE ?
BLABLA
BLABLA
TU VEUX ENTRER DANS QUELLE UNIVERSITE ?
ON IRA À LA MÊME HEIN ? ME LAISSE PAS TOMBER...
...
HAHA
BAH, JE ME SUIS PAS MIS À LA BOXE POUR DEVENIR POPULAIRE...
CANTINE
UN SANDWICH CRUDITE S'IL VOUS PLAÎT
DESOLE Y EN A PLUS, IL NE RESTE QUE DES PAINS AU CHOCOLAT ET DU PAIN DE MIE
aargh
ET ON N'A PLUS DE BEURRE, TU VEUX UN PAIN AU CHOCOLAT ?
D'APRES LES AUTRES ON PREND FACILEMENT DU POIDS SI ON NE FAIT PAS ATTENTION, ALORS J'ÉVITE LE SUCRE
JUSTE LE PAIN DE MIE S'IL VOUS PLAÎT

ÇA A PAS DE GOÛT
J'AI PAS DE BOL AUJOURD'HUI
munch munch
MANGER SEUL DANS UN ENDROIT PAREIL... T'ES TOUJOURS AUSSI NUL
SUUP
TATAAAA
PLOP
LAIT
OH NON LA BANDE D'UMEZAWA !
OUF MA LICENCE DE BOXEUR EST À LA MAISON, J'AI RIEN DE PRÉCIEUX SUR MOI
plap plap
plap plap

ZOUP
HÉ SALUT, QU'EST-CE QUE VOUS VOULEZ ?
QU'EST-CE QU'IL Y A, IL FAUT UNE RAISON POUR POUVOIR TE PARLER ?
OH NON...
VRAIMENT, VRAIMENT PAS DE BOL AUJOURD'HUI
TOUT À L'HEURE, UN TYPE DE TA CLASSE M'A DIT...
QUE TU AVAIS GAGNÉ TON PREMIER MATCH ?
FLAP
EUH ...
OUI...
PSS
PSS
PSST
... MAIS T'AS GAGNÉ COMMENT ?

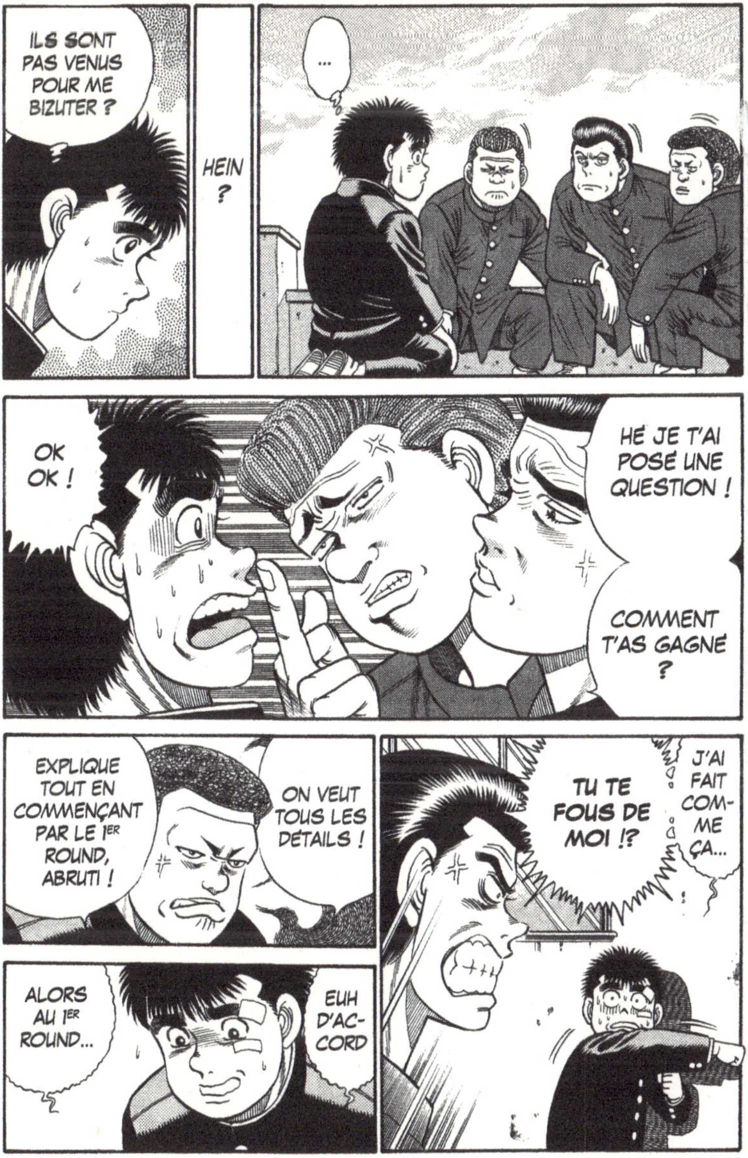
...
HEIN ?
ILS SONT PAS VENUS POUR ME BIZUTER ?
HÉ JE T'AI POSÉ UNE QUESTION !
COMMENT T'AS GAGNÉ ?
OK OK !
J'AI FAIT COMME ÇA...
TU TE FOUS DE MOI !?
ON VEUT TOUS LES DÉTAILS !
EXPLIQUE TOUT EN COMMENÇANT PAR LE 1ER ROUND, ABRUTI !
EUH D'ACCORD
ALORS AU 1ER ROUND...

IL SAIGNAIT À L'ŒIL !
IL A FAILLI PERDRE SUR K.-O. TECHNIQUE !
...
ET ENSUITE ? ET ENSUITE ?
T'AS GAGNÉ AVEC DES JABS DU DROIT !?
TE FOUS PAS DE NOUS !
L'AUTRE ÉTAIT COMPLÈTE-MENT NUL OU QUOI ?
MAIS EUH... VOUS CONNAISSEZ BIEN LA BOXE ?
ÉVIDEMMENT ! TOUS LES VOYOUS S'Y INTÉRESSENT !
C'EST LE TOP DU TOP !

LE TOP DU TOP ?
T'EMBALLE PAS ! ON S'EN FOUT DE TOI !
PSST
BEUH
C'EST QUAND TON PROCHAIN MATCH ?
C'EST QUAND TON PRO-CHAIN MATCH !??
AH PAR-DON !
L'ADVERSAI-RE EST PAS ENCORE DÉCIDÉ
ÇA SERA SÛREMENT AU HALL KÔRAKUEN DANS UN MOIS
BON
DANS UN MOIS
PAR-FAIT
TAP TAP TAP
MAIS QU'EST-CE QU'ILS VOULAIENT ??

TAP TAP TAP TAP TAP TAP TAP TAP
UMEZAWA, C'EST PAS CE QU'ON AVAIT DIT !
ON VOULAIT S'EXCUSER ET DEVENIR SES POTES, T'AS OUBLIÉ ?
TU DISAIS QUE ÇA SERAIT TROP COOL D'AVOIR UN AMI BOXEUR PRO !
VOS GUEU-LES !
VOS GUEU-LES !
TOI TU SERAIS CAPABLE D'ALLER LUI DEMANDER PARDON POUR TOUT CE QUE TU LUI AS FAIT !?
BEN ...
QUAND JE VOIS SA TÊTE J'AI ENVIE DE TAPER DESSUS...
LE MOIS PROCHAIN ON VA ALLER AU HALL KÔRAKUEN POUR SE FOUTRE DE LUI
IL OSE PAS AVOUER QU'IL VEUT ALLER L'ENCOURA-GER...

VROOOOO
UNE SEMAINE PLUS TARD
ILS ONT GAGNÉ COMME PRÉVU
LES TROIS QUE J'AVAIS À L'ŒIL
nyark
ICHIRÔ MIYATA, TROIS VICTOI-RES EN TROIS MATCHS, TROIS K.-O. !
RYÔ MASHIBA, DEUX VICTOI-RES EN DEUX MATCHS, DEUX K.-O. !

VROOOOOO
ET IPPO MAKUNOUCHI, UNE VICTOIRE EN UN MATCH, UN K.-O. !
BLAM
QU'EST-CE QU'IL Y A ?
AAA-GH
JE SUIS D'ACCORD POUR MIYATA ET MASHIBA
LEUR NIVEAU EST TRÈS ÉLEVÉ ET ON PEUT PAS LES CONSIDERER COMME DES NOUVEAUX
MAIS DÉSOLÉ, VOTRE CHOUCHOU MAKUNOUCHI N'EST VRAIMENT PAS À LA HAUTEUR
IL A GAGNÉ SON PREMIER MATCH DE JUSTESSE !
ON VOIT BIEN QU'IL NE PEUT PAS RIVALISER AVEC EUX
PEUH ! IL EST INTÉRESSANT PARCE QU'IL N'EST PAS ENCORE PARFAIT !
CE SERA PASSIONNANT DE LE VOIR PROGRESSER À CHAQUE MATCH
SI VOUS LE DITES...
VROOOOO

OXE KAMOGAWA
TIENS, BONJOUR MONSIEUR FUJI
MOUAHAHA, T'ES VENU M'INTERVIEWER ? JE SUIS TRÈS OCCUPÉ MAIS BON...
J'AI UN SUPER SUJET : COUVERTURE ET DOSSIER EXCLUSIF DE 20 PAGES SUR MAMORU TAKAMURA !
MÊME SI ÉVIDEMMENT 20 PAGES C'EST ENCORE INSUFFISANT POUR TOUT DIRE
ET MAKUNOUCHI ?
IL EST AU RING DU SOUS-SOL
...
QUOI ? QU'EST-CE QU'IL Y A ?
EUH...
CES GANTS SONT BIZARRES

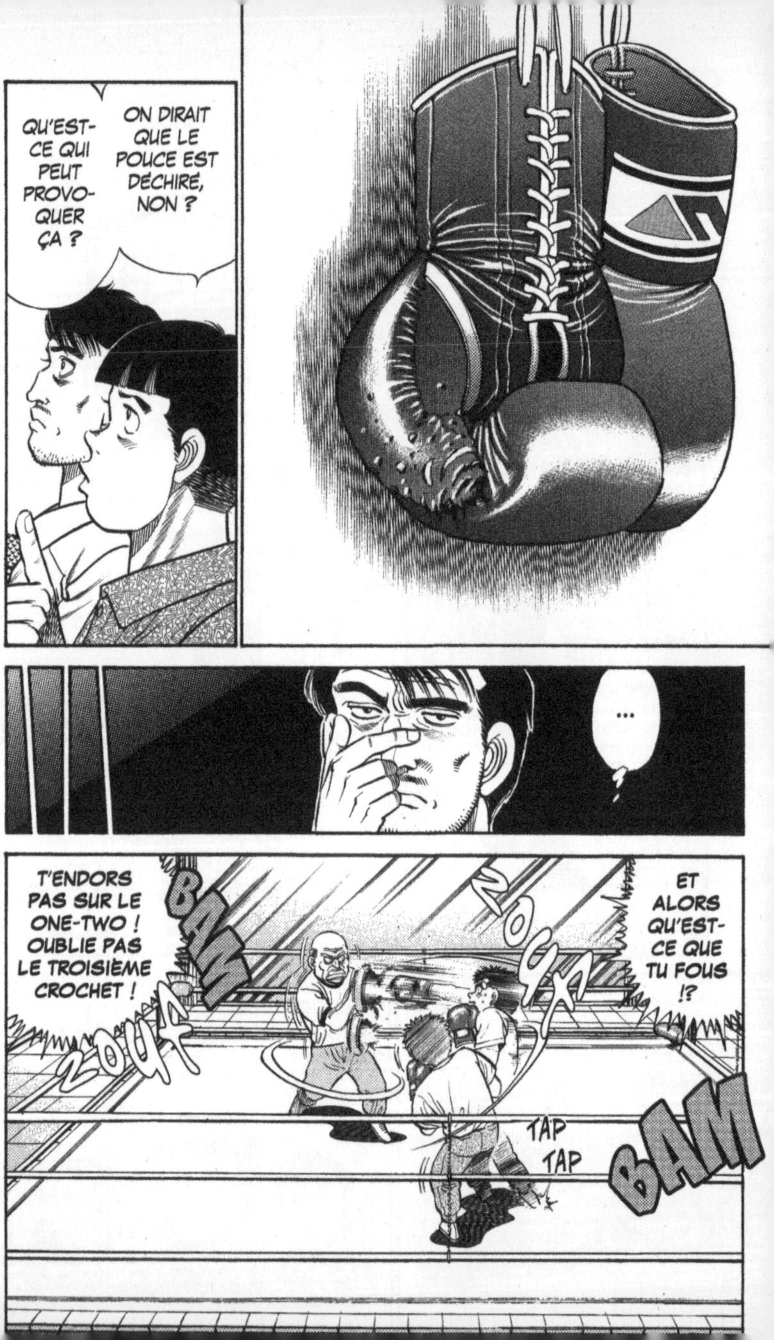
QU'EST-CE QUI PEUT PROVOQUER ÇA ?
ON DIRAIT QUE LE POUCE EST DÉCHIRÉ, NON ?
...
T'ENDORS PAS SUR LE ONE-TWO ! OUBLIE PAS LE TROISIÈME CROCHET !
BAM
ZOUF
ZOUF
ET ALORS QU'EST-CE QUE TU FOUS !?
TAP
TAP
BAM

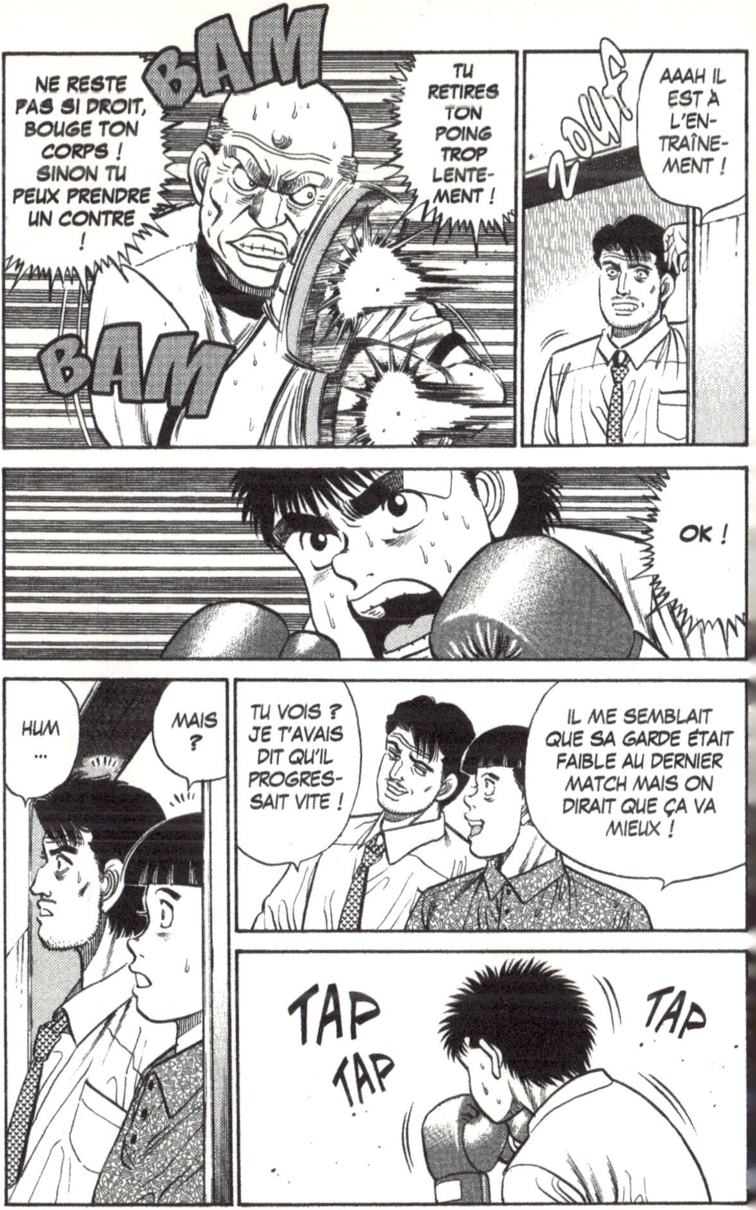
AAAH IL EST À L'ENTRAÎNEMENT !
ZOUF
TU RETIRES TON POING TROP LENTEMENT !
BAM
NE RESTE PAS SI DROIT, BOUGE TON CORPS ! SINON TU PEUX PRENDRE UN CONTRE !
BAM
OK !
IL ME SEMBLAIT QUE SA GARDE ÉTAIT FAIBLE AU DERNIER MATCH MAIS ON DIRAIT QUE ÇA VA MIEUX !
TU VOIS ? JE T'AVAIS DIT QU'IL PROGRESSAIT VITE !
MAIS ?
HUM ...
TAP
TAP
TAP

MAIS POURQUOI IL SE MORD LES POUCES ?
LES POUCES ?
AH !
LE STYLE « PEE-KABO »
C'ÉTAIT À CAUSE DE ÇA, LES GANTS...
PFFF
PEEK-A-BOO ?
ÇA SIGNIFIE « COUCOU ME VOILÀ » EN ANGLAIS, C'EST ÇA ?
OUI, ÇA CONSISTE À REGARDER L'ADVERSAIRE PAR-DESSUS SES GANTS, EN LES COLLANT AU MENTON
C'EST UNE POSITION SPÉCIALE QUE LE CÉLÈBRE ENTRAÎNEUR DAMATO AVAIT APPRISE À MIKE TYSON

BAM
LES FAIBLESSES DE LA GARDE DE MAKUNOUCHI ÉTAIENT ÉVIDENTES À SON PREMIER MATCH
ZOUF
LE PRÉSIDENT KAMOGAWA A AUSSITÔT PRIS DES MESURES RADICALES POUR Y REMÉDIER !
TYSON BAISSAIT TROP SA GARDE ET IL LUI A FAIT PRENDRE L'HABITUDE DE METTRE SES POINGS AU MENTON EN LUI FAISANT MÂCHER SES POUCES
ET C'EST POUR ÇA QUE LES GANTS D'ENTRAÎNEMENT DE TYSON ÉTAIENT USÉS AU POUCE
LE PAUVRE, C'ÉTAIT SON TOUT PREMIER MATCH MAIS AVEC CETTE BLESSURE, SA CARRIÈRE EST DÉJÀ TERMINÉE
ET MASHIBA A GAGNÉ SON DEUXIÈME
UN K.-O. TERRIBLE, SON ADVERSAIRE A EU LE MENTON BRISÉ
HEIN ?
MIYATA A DÉJÀ GAGNÉ TROIS MATCHS ? QU'EST-CE QU'IL EST FORT...
HEIN ?

LES INSCRIPTIONS AU TOURNOIS ESPOIRS VONT COMMENCER
LA CATÉGORIE POIDS PLUME EST CELLE QUI SERA LA PLUS SERRÉE, EN PLUS D'EUX IL Y AURA PLEIN D'ADVERSAIRES REDOUTABLES !
TU VAS T'INSCRIRE POUR Y PARTICIPER, N'EST-CE PAS ?
BONNE CHANCE, JE COMPTE SUR TOI PERSONNEL-LEMENT !
PAF
J'AI DÉJÀ EU DU MAL POUR GAGNER MON PREMIER MATCH
COMMENT EST-CE QUE JE PEUX ESPÉRER GAGNER CE TOURNOI...
beuuh
ON SE REVERRA EN FINALE DU CHAMPIONNAT ESPOIR JAPON-EST !
BEUUH
LA ROUTE EST ENCORE LONGUE...
GNOP
À SUIVRE DANS LE 4E TOME

Titre original :
Hajime No Ippo (volume 3)

French translation rights :
Éditions Kurokawa

Collection dirigée par :
Grégoire Hellot

Traduction :
Atomic Panda

Lettrage :
Julien Cordero

ISBN : 978-2-351-42208-3

KUROKAWA - 12 avenue d'Italie - 75627 cedex 13
Dépôt légal : septembre 2007

Achevé d'imprimer en France par EPAC Technologies
N° d'édition: 4550414335218
Dépôt légal: septembre 2007